國際學術研討會

古龍武俠小說 領先時代半世紀

【記者賴素鈴／報導】江湖代有才人出，這廂古龍凋零二十載，那廂今朝懸賞百萬獎新秀，浪淘不盡，唯有武俠熱愛，不隨時間變易，在學術研討會上更見分明。以「一代鬼才：古龍與武俠小說」爲主題，淡江大學第九屆文學與美學國際學術研討會昨起在國家圖書館，展開爲期兩天的議程，紀念武俠小說家古龍逝世二十周年，新生代學者與古龍故舊齊聚一堂，以文論劍話武俠。

日前與淡大中文系教授林保淳共同發表《台灣武俠小說發展史》，武俠小說評論家葉洪生昨天在專題演講中，直批胡適1959年底發表「武俠小說下流論」是「胡說」，學界泰斗的不當發言以及隨即展開的「暴雨專案」，反而促成1960年起台灣武俠新秀的繁興，

「武俠小說迷人的地方，恰恰在門道之上。」，葉洪生認定，武俠小說審美四原則在文筆、意構、雜學、原創性，他強調：「武俠小說，是一種『上流美』。」

集多年心血完成《台灣武俠小說發展史》，葉洪生認爲他已爲從十歲起迷上武俠小說的半世紀畫上完美句點，並且宣布他「以後決心退出武俠論壇，封劍退隱江湖」。

雖然葉洪生回顧武俠小說名家此起彼落，套太史公名言「固一世之雄也，而今安在哉？」，認爲這是值得深思的嚴肅課題，昨天意外現身研討會而備受矚目的溫世禮，則爲了紀念同是武俠迷的哥哥溫世仁，推出第一屆「溫世仁武俠小說百萬大賞」，即日起至今年10月3日截止收件，經兩階段評選後於明年12月7日公布首獎得主，預料將會是一場武林新秀的龍虎爭霸戰。

看明日誰領風騷？風雲時代出版社發行人陳曉林眼中的古龍，其實領先他的時代半世紀，以致如今雖然古龍逝世20年，陳曉林認爲大家對古龍的了解仍然有限，預言未來世代更能和古龍的後設風格共鳴。

昨天這場研討會，也凸顯武俠小說作爲一項文學研究門類，仍有待開發學習空間。多位與會者都指出，武俠小說的發表、出版方式和管道具考證難度，學術理論與論文格式的建立待加強。而武俠名家的版權之爭、市場競爭力，也增加出版推廣困難，古龍武俠小說的版權糾紛、司馬翎作品的版權官司也成爲研討會的場外話題。

與

武俠小說

第九屆文學與美
一代鬼才
古龍

古龍兄為人慷慨豪邁、跌蕩自如，變化多端，文如其人，且復多奇氣，惜英年早逝，余與古兄嘗共飲酒，且喜讀其書，今既不見其人，又無新作可讀，深自嗟惜。

金庸

一九九六．十．十一．香港

古龍

古龍

真品絕版復刻 4

失魂引

上

古龍 著

古龍真品絕版復刻說明

由於版權限制之故，本專輯「古龍真品絕版復刻」所集六種古龍最早期武俠作品，在台灣已絕版很多年，而本版推出後也不會再印行問世，故稱「絕版復刻」。此版本限量發行，只以饗有緣人。

殘金缺玉，碎鑽散翠，卻可由此透視後來光芒萬丈、膾炙人口的古龍武俠諸名著，其最根柢處的靈氣之源和俠情之始。凡對古龍作品有真正興趣、愛好的讀友，必會收存這個專輯，並可由此看出：當古龍將這些金玉鑽翠串綴起來時，是何等的璀燦奪目？

目錄

【導讀推薦】

《失魂引》的奇詭性

著名文化評論家 秦懷冰

《失魂引》是古龍早期作品的一種複調展示，充斥著離奇、詭異、謎團、疑惑的意味，引領著讀者以推理的心思和邏輯去解讀。

有人認為，由於古龍很喜歡日本推理名家松本清張的作品，尤其對松本的成名作《砂之器》頗為欣賞，故而本書的推理風格或許受到松本的啟發。然而，古龍固然對推理、偵探作品素有興趣，但本書所刻意經營的懸疑、神秘之情調和氣氛，卻和松本的「本格派社會推理」小說迥不相侔，反而與前輩武俠名家朱貞木的小說有些接近，當然，古龍營造懸疑氣氛的功力，明顯已青出於藍。

若要回溯與此書風味相近的西方推理、偵探小說，則英國著名女作家克莉絲蒂（Agatha Christie）的作品，反而可能是古龍借鏡的資源之一，尤其一系列「白羅探案」（H.Poirot）中的若干設定和轉折，古龍曾給予相當的肯定。因為本書中「四明山莊」及在場的各大門派高手遭到滅絕，當代奇人西門一白前往查察，卻一去無蹤。主角管寧及西門夫人持續追查，發現西門一白已重傷失憶。經過一連串的伏擊和陷阱，終於發現血案真兇其實是四明山莊的主人，他謀殺各大門派高手並故布疑陣，栽贓給失憶的西門一白。此等情節，在克莉絲蒂的偵探推理小說中並不罕見。

但古龍高明之處在於：他的重點不僅在於揭破真相，懲治真兇，而更在於對生命本質、人性底蘊的推敲和探究。另一方面，他還著力抒寫了男主管寧、女主凌影之間，從相逢相爭，到相知相契，再到莫逆於心的情感發展。

四明山莊的血案和陰謀，是武林的一大悲劇，而西門夫人對其夫婿的深情，古龍寫來令人動容；寫到管寧、凌影這對歡喜冤家的遇合，則以樂觀的情調沖淡了壓抑沉鬱的悲劇氛圍。古龍後來一再強調，他的作品希望帶給人們樂觀的、向上的精神，即使在絕望中也要保留一絲希望的微光；看來，古龍的這種創作理念，早在創作《失魂引》時業已融入到他所設計的情節之中。

本書的奇詭性在於：絕代高手西門一白重傷失憶後，究竟是生是死，竟成懸疑。古龍寫道：「京郊西山下的一座新墳，突地被人挖開，棺中空無一物，屍身竟不知到哪裡去了。於是江湖中開始暗中流傳起一個近乎神話的故事，說是西門一白其實未死，他又復活了。」這像不像是耶穌死亡、埋葬、復活故事的翻版？

然後，古龍感慨道：武林中的人與事，正都是浪浪相推，生生不息，永遠沒有一個人能把這浪浪相推，生生不息的武林人事全部了然，「這正如自古以來，永無一人能全部了然天地奧祕一樣。」或許有人認為，古龍這是在為他有些作品未收尾而自我解嘲，然而，《失魂引》分明首尾俱全，無需解嘲，可見這應是古龍真正的人生感悟，殊非泛泛之語。後來在其他作品中，古龍也不乏類似的深沉感慨。

第一章　驚遇

西方天畔的晚霞，逐漸由絢麗而歸於平淡，淡淡的一抹斜陽，也消失於蒼翠的群山後。

於是，在這寂靜的山道上吹著的春風，便也開始有了些寒意。

月亮升了起來，從東方的山窪下面，漸漸升到山道旁的木葉林梢，風吹林木，樹影婆娑。濃林之中，突地傳出一個清朗的聲音，朗聲歎道：「月明星稀，風清如水，人道五嶽歸來不看山，我雖方自暢遊五嶽，但此刻看這四明春山，卻也未見在那泰山雄奇、華山靈秀之下哩。」隨著話聲，叢林中，緩步踱出一衣衫都麗、長身玉立的弱冠少年，腰下斜斜垂著一柄綠鯊魚皮劍鞘，紫金吞口的青鋒長劍。月光之下，一眼望去，只見這少年雙眉帶采，目如朗星，衣衫隨風飄起，有如臨風之玉樹。

他目光四下一轉，施然前行數步，只聽到風聲之中，隱隱有淙淙的流水聲，隨風而來，他劍眉一軒，突又慢聲吟道：「身向雲山深處行，春風吹斷流水聲……春風吹斷流水聲……」突地回首喊道：「囊兒，快把我的筆硯拿來。」微一搖首：「你要是再走得這麼慢的話，下次遊山，你還是跟著管福留在山下好了。」

樹林之中，應聲走出一個垂髫童子，一手捧著一方青石端硯，一手拿著兩支紫狼毫筆，肋下斜背著一個極大的彩囊，大步跑到那少年面前，氣吁吁地將手中毛筆交給那錦衣少年，又從彩囊中取出一方淡青宣紙，一面喘著氣道：「公子，囊兒千辛萬苦跟著你從河北走到江南來，為的就是跟著公子多見識見識，公子要把囊兒跟那蠢阿福留在山下，那囊兒可要氣死了。」

那錦衣少年微微一笑，接過筆紙，提筆寫道：「身向雲山深處行，春風吹斷流水聲。」隨手將這張字柬塞入那囊兒肋下的彩囊裡。

囊兒烏溜溜的兩顆大眼珠一轉，帶著天真的笑容說道：「公子，你今天詩興像是特別高，從一上山到現在，你已經寫下三十多句詩了，比那天在泰山一路上所作的，還要多些。不過──」他話聲微微一頓，眼珠四下一轉，接著又道：「現在天已經黑了，公子還是帶著囊兒快些下山吧，前面又黑又靜，說不定會跑出個什麼東西來，把囊兒咬一口，公子……」

錦衣少年負手前行，此刻劍眉微皺，回頭瞪了那童子一眼，駭得他下面的話都不敢說出來了，鼓著嘴跟在後面，像是不勝委屈的樣子。

錦衣少年雙眉一展，悅聲道：「跟著我在一起，你還怕什麼？今天晚上就算下不了山，只要有我腰畔這柄長劍，難道還會讓你給大蟲吃掉？」

這垂髫童子囊兒抿嘴一笑，面頰上露出兩個深深的酒窩來，但他瞬即垂下了頭，似乎不願將面上的笑容給公子看到。

前面數十丈，泉聲忽地震耳而來，錦衣少年抬目一望，只見對面懸崖如削，下面竟是一條寬有八九丈的闊澗。

錦衣少年目光一閃，搶先數步，俯視澗底，其深竟達二十餘丈，山泉自山頂流下，銀龍般地飛來，撞在澗中危石之上。珠飛雲舞，映月生輝，波濤蕩蕩，水聲淙淙，與四下風吹木葉的簌簌之聲，相與鳴和，空山迴響，越顯清壯。

錦衣少年佇立在這道絕澗旁邊，方疑山行至此再也無路，飛珠濺玉，一粒粒濺到他的身上，他呆呆地愣了半晌，目光動處，忽然瞥見右側竟有一條獨木小橋，從對面崖頭，斜斜地掛了下來，搭在這邊岸上。

對面橋盡之處，木葉掩映之中，一盞紅燈，高高挑起，隨風晃動。錦衣少年目光動處，面上不禁露出喜色，回首笑道：「你這可不用害怕了吧？前面有燈的地方，必定也有人家，我們今夜在這裡借宿一晚，明天乘早下山，不比現在下山要好得多？」

這垂髫童子囊兒眉頭竟突地一皺，搶步走了過來，道：「公子，在這種荒山裡面住家的人，必定不會是什麼好路道，說不定比老虎大蟲還可怕，公子還是帶著囊兒快些下山吧！」

錦衣少年軒眉一笑，道：「你平常膽子不是挺大的嗎？現在怎地如此害怕，我們身上一無行囊，二無金銀，難道還怕人家謀財害命不成？」他劍眉又自一軒，伸手撫著劍柄，朗聲又道：「我七年讀書，三年學劍，若是真的遇上個把小賊——嘿嘿，說不定我這口寶劍，就要發發利市了。」

他撫劍而言，神色之間，意氣甚豪，邁開大步，向那獨木小橋走了過去。囊兒愁眉苦臉地跟在後面，似乎已預料到將要有什麼不幸之事發生似的。

澗深崖陡，那獨木小橋凌空而架，寬雖有兩尺，但下臨絕澗，波濤激蕩，勢如奔馬，若非膽氣甚豪之人，立在橋端，便會覺得頭暈目眩，更莫說要自這橋上走過去了。

錦衣少年走到橋頭，雙目亦是微微一皺，回首向那童子說道：「我先過去看看，你要是不敢過來，就在這裡等我一會兒。」口中雖在說話，目光卻在仔細察看前面的落足之處。

這錦衣少年雖是富家子弟，但生性極剛，正是寧折毋彎之人，平日膽氣亦在常人之上，此刻見了這絕險的獨木小橋，心中卻無半分怯意，微一察看，便大步走上橋去，腳步之間，亦甚穩定，顯見得對武功一道，頗曾下過些功夫。

山風強烈，吹得他寬大的文士衣衫，獵獵作響，下面泉聲震耳，但他雙目直視，神色雖極謹慎，卻無絲毫不安之意。

眨眼之間，他便行到了對崖，目光四掃，只見木橋之側，林木掩映中，有間石砌的小屋，屋中燈光外映，那盞紅燈，也是從這山間石屋的窗子裡挑出來的。

他心念一動，方想回首囑咐他那貼身書童一聲，哪知回首旋處，這垂髫童子囊兒，竟也從木橋上走了過來，此刻竟已站在自己身後。

他不禁為之展顏一笑，道：「看不出你居然也敢走過來。」

囊兒抿嘴笑道：「強將手下無弱兵，公子膽子這麼大，囊兒膽子要是太小了，怕不要被別人笑話了嗎？」

錦衣少年微微頷首，輕輕一拍他的肩膀，意下大為讚許，卻聽囊兒已又高聲喊道：「我家公子山行迷路，想借貴處歇息一晚，不知貴主人能否方便方便？」

只聽得四山回聲，「方便……方便……」遠遠傳來，此起彼落，相應不絕，但那石砌小屋之中，卻無半絲回應。

錦衣少年劍眉微皺，一撩衫角，箭步躥了過去，探首朝屋中一望，面色不禁突地一變。「噔，噔」，不由自主地往後退了兩步。

那垂髫童子眼珠一轉，亦自大步跑了過去，一看之下，面色更是駭得煞白，竟然脫口驚呼了起來，身子搖了兩搖，幾乎要一跤跌倒地上。

原來在那石屋之中，木桌兩側，竟一邊一個倒著兩具屍身，一眼望去，只見這兩人身軀都極為碩壯，但腦袋卻已變成了一團肉醬，連面目都分不清了。桌上油燈發出淒涼的燈光，映在這兩具屍身上，給這原本已是極為幽清僻靜的深山，更增添幾分令人悚慄的寒意。

一聲蟬鳴，劃空搖曳而過，囊兒激靈靈打了個冷戰，顫聲道：「公子，我們還是快走吧！」

錦衣少年劍眉深皺，俯首尋思，根本沒有搭理他的話，暗中尋思道：「這到底是什麼地方？這兩人怎會死在這裡？桌上的油燈還未熄，顯見得他們死去還沒有多久，但殺他們的人到哪裡去了呢？我一路上山，並沒有看到有人從山上下來，難道此人殺人之後，又跑到裡面去了？」

他右手緊握著上面密纏絲帶的劍柄，掌心卻已微微沁出冷汗來，暗中一咬牙，又自忖道：「我學劍三年，雖未大成，但京城俠少，卻已多半不是我的對手，記得我學劍之時，師父曾經對我說過，江湖遊俠，並非以武恃強，而要濟人之難，扶弱鋤強，才能稱得上一個『俠』字。我平日常以『俠』字自許，如今遇著這等事，豈能甩手一走？好歹也得探查一個究竟來。」

一念至此，心胸之中但覺豪氣大作，閃目而望，只見石屋左側，築著一條小石階，蜿蜒通向崖下。

崖下水影星羅，將天上星月，映得歷歷可數，竟是一片水田。水田後面，屋影幢幢，像是有著一片莊宅，也有些許燈光，從屋影中映了出來。

那垂髫童子囊兒滿面惶急之容，望著那錦衣少年，恨不得他馬上和自己一齊走開，遠遠離開這詭異的地方才對心思。

哪知卻見錦衣少年俯首沉思了半晌，竟然大步朝石階走下去。他暗中長歎一聲，也只得緊緊地跟在後面。

風聲穿谷，如怨如訴，四山之下，都像是瀰漫著一種凄涼的寒意。

錦衣少年快步而行，穿過一些田壟，只見左側是條寬約兩丈的大溪，流波蕩蕩，勢甚湍急，右側峰巒矗列，峭拔奇秀，被月光一映，山石林木，都幻成一片神秘的銀紫色。

對面大山橫亙，卻在山腳之處，孤零零地建著一座莊院，走到近前，亭台樓閣的影子，都變得十分清晰可見。

莊院外一道高約丈餘的圍牆，黑漆光亮的大門，向南而建，此刻竟是敞開著的。門上的紫銅門環，在月光下望去，有如黃金一般。

錦衣少年在門口一頓步，伸出手掌重重拍了拍門環，銅環相擊，其聲鏘然，在空山之中，傳出老遠，餘音嫋嫋，歷久不絕。

但門內卻仍然是一片寂然，連半點回應都沒有。錦衣少年劍眉一皺，正待闖入門去，哪知身後驀地「咯」地一響——

他大驚之下，擰腰錯步，唰地躍開三尺，「嗆啷」一聲，拔出劍來，回身持劍，閃目而望。月光之下，只見一隻青蛙，縱躍如飛地向水田中奔去，囊兒睜著大眼睛，呆呆地望著自己，四下仍是一片靜寂，甚至靜寂得有些可怕了。

他心中不禁啞然失笑，暗道一聲：「慚愧！」轉身向門內走去。

他一腳跨入門裡，全身便又不由自主地泛出一陣寒意，呆呆地站在門口，幾乎再也沒有勇氣，向裡面跨進一步。

這黑漆大門內的院落裡面，竟然躺著一地屍身，死狀竟也和先前那石屋之中的兩個彪形壯漢一樣，全身上下，一無傷痕，頭頂卻被打成稀爛。清冷的月光，將地上的血跡，映得其紅如紫，院落裡、大廳內，燈光昏黃，從薄薄的窗紙裡透了出來。

錦衣少年膽子再大，此刻卻也不禁為之冷汗涔涔而落。

囊兒在後面悄悄地扯著他的衣襟，卻已駭得說不出話來。

他仗劍而立，只覺吹在身上的晚風，寒意越來越重，腳下一動，方待回身而去，但心念一轉，便又自暗中低語道：「管寧呀管寧，你既然已走到這裡，無論是福是禍，你也得闖上一闖了，你平常最最輕視虎頭蛇尾之人，難道你也變成如此人物了嗎？」

他胸脯一挺，右手微揮，一溜青藍的劍光，突地一閃，他便在這一閃的劍光中，穿過這滿布屍身的院落，但目光卻再也不敢去望那些屍身一眼。

從院門到廳門雖只短短數丈距離，但此刻在他眼中，卻有如中間阻隔著千山萬水一般，幾乎是不可企及的漫長。

他緩緩登上石級，用手中劍尖推開大廳前那兩扇半掩著的門，乾咳一聲，沉聲道：「屋內可有人在？但請出來說話。」

屋內自然沒有回應，廳門「呀」的一聲，完全敞了開來。他定睛一望，只見這間大廳之上，竟然一無人影。

他暗中吐了一口長氣，回首望去，那囊兒仍然失魂落魄地跟在自己身後，捧著那方石硯的左手，不住地顫抖著，石硯裡滿蓄的墨汁，也因之淋漓地四下濺了出來。

他憐惜地撫了撫這童子的肩頭，穿過大廳，目光四下轉動間，廳內的茶几之上，仍然放著一碗碗蓋著蓋子的茶，安放得十分整齊，並沒有凌亂的樣子，他不禁暗自思忖：「茶水仍在，喝茶的人卻都到哪裡去了？院落中的屍身俱是下人裝束，喝茶的人想必就是此間的主人。」

他暗中一數，桌上的茶碗，竟然有十七個，不禁又暗自尋思道：「方才此地必然有著許多客人，但是這些人又都到哪裡去了呢？前面的屍身看來都是主人的家奴，難道他們都是被這些客人殺死的嗎？」

他暗中微微頷首，對自己在這種情況下，仍有思考的能力，大為滿意。只是他卻不知道，自己的思忖雖近情理，距離事實，卻仍相差甚遠哩！

思忖之間，他已穿過大廳，從右邊的側門走了出去。

廳外一曲迴廊，朱欄畫棟，建築得極其精緻，迴廊外庭院深深，一條白石砌成的小徑，蜿蜒著通向庭院深處。

他手持長劍，一步步走了過去，方自走了三五步，目光動處，忽地望到這條小徑兩側，竟然各自倒躺著一個身穿華服的虬髯大漢的屍身，腰側的大刀，方自抽出一半，身上亦是沒有半絲傷痕，只有頭頂上鮮血模糊，血跡深深浸入小徑旁的泥地裡。

錦衣少年管寧心中一凜，一揮長劍，仍然向前走去，又走出三五步遠，卻見石徑之上，交叉著兩柄精光閃爍的長劍。

他腳步一停，轉目而望，小徑兩側，果然又倒躺著兩具屍身，身軀肥胖，俱是穿著一身勁裝。一人左手握劍，一人右手握劍，劍尖雖搭在一處，屍身卻隔得很遠，而且伏在地上，髮際血跡宛然，傷痕竟也和先前所見的屍身一樣。

錦衣少年目光望著這兩具屍身，呆呆地愣了半晌，一時之間，但覺腦海之中，一片暈眩，甚至連驚恐之心都已忘記了。

前面數步之遙，是個長髯老者的屍身，再前面竟是三個藍袍道人，並肩死在一處。接著見到兩個身披袈裟的僧人屍身，橫臥在路上，身上俱無傷痕，頭上卻都是鮮血模糊。

走過這段石徑，管寧的一件都麗長衫，已全都緊緊貼在身上，此刻春寒兀自甚重，他卻已汗透重衫了。

石徑盡頭，是個六角小亭，孤零零地建在一片山石之上。管寧茫然拾級而登，一條血跡，從亭中筆直地流了下來，流在最上層的一級石階上，他無須再看一眼，便知道這六角亭內，一定有著數具屍身，屍身上的傷痕也和方才一樣。

他暗中默默念了一遍，暗忖道：「虬髯大漢、肥胖劍客、長髯老者、藍袍道人、僧衣和尚，一共是十個——茶碗卻有十七個，這亭子裡面，該是七具屍身吧？」

他見到第一具屍身之時，心中除了驚恐交集，還有一種混合著憤怒與哀傷的情感，兔死尚有狐悲，當人們見到人類屍身的時候，自然也會覺得悲哀的。

但此刻他卻像是有些麻木了——這是因為過度的驚恐，也是因為過度的哀憤，因之，他竟能在心中計算著這冷酷的問題。

踏上最後一級石階，他茫然向亭中望去，只見一個衣衫襤褸的跛足丐者，倒臥在石階之上，一顆頭髮蓬亂的頭顱，垂在亭外，從頭上流出的血跡，便沿著石階流下。

一個滿身黑衣的瘦削老人，緊緊地倒在他身旁，一根隱泛烏光的拐杖，斜斜地插在地上，入土竟有一半，將四側的石板，都擊得片片碎落，顯見這跛足丐者死前一擲，力道是何等驚人。

但管寧卻沒有注意到這些，他目光已轉到一個身穿輕紅羅衫的絕色少婦身上。這少婦的屍身，是和一個亦是通體紅衫的劍眉修鼻的中年漢子倒臥在一處，月光斜照，他們的頭上雖也血跡淋漓，但這醜惡的傷痕，卻仍然掩不住這一對男女的絕世姿容。

管寧心中暗歎一聲，只聽到身後的囊兒竟也發出一聲沉重的歎息，但他卻無法分辨這聲歎息中所包含的意味究竟是什麼。

那該是驚恐和悲憤的混合吧！

他手上的長劍，軟弱地垂了下來，劍尖觸到石板鋪成的地上，發出「噹」的一聲輕響。

他的目光隨著劍尖望去，越過那一對絕美男女的屍身，停留在一雙穿著福字騰雲履的腳上。

於是他的心便「怦」地跳了一下，幾乎不敢往上移動自己的目光，因為這雙腳竟是筆直地站著的。「難道這裡竟然還有個活人嗎？」

他的腳步生硬地向後面移動著，目光也不由自主地緩緩向上移動——一個瘦削而頎長的白衫身形，緊緊地貼著這六角小亭的朱紅亭柱，一雙瘦骨稜稜的手掌，五指如鉤，抓在亭柱兩側的欄杆上。手指竟都深深陷入那朱紅色的欄木裡。但是他的頭，卻虛軟地垂落了下來。

「他也死了。」管寧長長一歎，「只是他沒有倒下來而已。」

望著這具死後仍不倒下的屍身，他不禁又是呆呆地愣了半晌，卻不知道自己的一雙鞋子，已經踩到那片鮮紅的血跡上了。

一片浮雲，掩住了月光，本已幽黯的大地，此刻便更覺蒼涼。

星白如月，月白如風，只有地上的血跡……血跡該是什麼顏色呢？

那垂髫童子囊兒，手裡兀自捧著那方石硯，順著他主人的目光，也是呆呆地望著那具死後仍沒有倒下的屍身，望著他身上穿著的那件潔白如雪的長袍，腰間繫著的那條純白絲緣。

「這人生前，也該是個極為英俊瀟灑的人物吧？」只可惜他的頭是垂著的，因而無法看清他的面容，他當然也絕沒有走上去仔細看看的勇氣。

而管寧心中，卻在思忖著另一個問題。

「……藍袍道人、跛足丐者、黑衣老人、紅衫夫婦，再加上這白袍書生，一共不過十五人而已，但那大廳中的茶碗，卻有十七個……那麼，還有兩個人呢？這兩人難道就是殺死這些人的兇手？但這兩人卻是什麼人呢？是此間的主人？抑或是客人？唉——此刻這些人全都死了，普天之下，只怕再也沒有人能夠解答這些問題了。」

他目光一掃，暗歎著又忖道：「這些屍身生前，想必都是遊俠江湖的草澤豪士，如今卻都不明不白地死了，連個埋骨之人都沒有。我既遇著此事，好歹也得將他們的屍身埋葬起來，日後我若能尋出誰是兇手，究竟是為著何事將這些人全都殺死，究竟誰是誰非——其實能將這許多人都一一殺死的人，縱然具有殺人的理由，手段卻也夠令人髮指的了。」

此事雖然與他無關，但這生具至性的少年，此刻卻覺得義憤填胸，一時之間，心中思潮所至，俱與此事有關。

月升愈高，亭中的陰影，也就越發濃重。由東南方吹來的晚風，從他身後筆直地吹了過來，哪知——

風聲之中，突地傳來一聲陰淒淒的冷笑，這笑聲有如尖針一般，刺入他背脊之中，這陣刺骨的寒意，剎那之間，便在他全身散佈了開來。

他大驚之下，擰腰錯步，倏然扭轉身形，目光抬處，只見亭外的石階之上，緩緩走上一個身穿五色彩衣的枯瘦老人，瘦骨嶙峋，有如風竹，頂上頭髮，用根非玉非木的紫紅長簪，插作一處，面上高顴深腮，目如蒼鷹，一動不動地望在管寧身上。

此情此景，陡然見到如此怪異的人物，管寧膽子再大，心中也不禁為之泛起陣陣寒意，不由自主地後退兩步，劍尖拄在地上，劃出一陣陣極不悅耳的「嗞嗞」之聲，與那陰森的冷笑聲相合，聽來更覺刺耳。

這身穿彩衣的枯瘦老人，垂手而行，全身上下，幾乎看不出有任何動作，瘦長的身軀，卻已由亭外緩緩走了進來。

管寧努力壓制著心中的驚懼之情，微挑劍眉，厲聲喝道：「你是誰?這些慘死之人，可是你殺死的？」

那枯瘦老人嘴角微一牽動，目光之中，突地露出殺意，一言不發地伸出手掌，向管寧當胸抓去。

只見這隻黝黑枯瘦的手掌，指尖微曲，指甲竟然捲作一團。管寧心中一寒，手臂微抬，將手中的長劍，平胸抬起，哪知這枯瘦老人突地又是一聲冷笑，指尖指甲，竟電也似的舒展開來，其白如玉，其冷如鐵，生像是五柄冷氣森森的短劍。

管寧大驚之下，再退一步，只見這隻手掌，來勢雖緩，卻將自己的全身上下，全都控制住了，自己無論向何方閃避，都難免被這五隻森冷如劍的手指，戳上幾個窟窿。

剎那之間，他閃電般地將自己所學過的武功招式，全都想遍，卻也想不出任何一個招式，能夠擋住這一掌緩緩的來勢。

情急之下，他猛地大喝一聲，右手猛揮，青光暴長，將手中長劍，全力向這有如鬼魅一般的枯瘦老人揮了過去。

哪知劍到中途，他只覺全身一震，手腕一鬆，不知怎地，自己手中的長劍，便已到了人家手上。

卻見這枯瘦老人一手捏著劍尖，輕輕一抖，這柄精鋼百鍊的長劍，竟被抖成兩段，「噹」的一聲，劍柄落在那黑衣老人的屍身之側，接著又是「奪」地一聲，青光微閃，捏在那枯瘦老人手中的半截長劍，被他輕輕一揮，竟齊根沒入亭上的樑木之中，只留下半寸劍身，兀自發著青光。

管寧性慕遊俠，數年之前，千方百計地拜在京城一位著名鏢客的門下，學劍三年，自認劍法已經有了些功夫，此刻在這枯瘦老人的面前一比，他才知道自己所學的武功，實在有如滄海之一粟，連人家的千萬分之一都無法比上。

只可惜他知道得嫌太遲了些，這枯瘦老人的一雙手掌，又緩緩向他當胸抓了過來，他心中長歎一聲，方待竭盡全力，和身撲上，和這彩衣老人拚上一拚，雖然他已自知自己今日絕對無法逃出這詭秘老者的掌下，但讓他瞑目等死，卻是萬萬做不到的。

哪知就在他全身氣力將發未發的一剎那裡，他身側突地響起一聲厲叱，一陣勁風，夾著一團黑影，劈面向那枯瘦老人打了過去。

枯瘦老人雙眉一皺，似乎心中亦是一驚，手掌一伸一縮，便將那團黑影接在手裡，入手冰涼，還似帶著些水漬。

他心中不禁又為之一驚，不知道這究竟是什麼暗器。俯首一看，原來卻是一方石硯，方自暗罵一聲，卻見眼前掌影翻飛，已有一雙手掌，劈頭蓋臉地向自己擊了過來。掌風雖弱，招式卻極刁鑽，他的武功雖爐火純青，竟也不得不微閃身形，避開這雙手掌擊向自己面門的一招兩式。

這一突生的變故，使得管寧微微一怔，定睛望去，心中不禁又為之一驚，那閃電般向枯瘦老人擊出兩掌之人，竟是自己的貼身書童囊兒。

那枯瘦老人身形微閃之後，袍袖一拂，便將面前的人影震得直飛了出去，閃目望處，卻見對方只是一個垂髫童子，心中亦是大奇，半晌說不出話來。

囊兒甫出一招，身形便被人家強勁的袖風震飛，心下不禁暗駭：「此人武功，確是高到不可思議。」一連退數步，退到亭欄之側，方自穩住身形，口中卻已大聲喝道：「你這老鬼是什麼人，為何要加害我家公子？」小小的胸膛一挺，竟又大步向那枯瘦老者走了過去，眼珠睜得滾圓，方才的那種畏縮之態，此刻在他面上，竟也一絲一毫都不存在了。

此刻管寧心中，卻是又驚又愧。他再也想不到這個自己從京城西郊冰天雪地中救回來的垂髫童子，竟然身具武功，而且還比自己高得多，卻從未在人前炫露出來，自己才只學會兩三路劍法，便已自負俠少。一念至此，心中羞慚大作，呆呆地站在當地，幾乎抬不起頭來。

那枯瘦老人目光微睨管寧一眼，便箭也似地凝注在囊兒身上，卻仍然沒有說話。囊兒眼珠一轉，大聲又道：「我家公子是個讀書人，和你素無仇怨，你為什麼一見面就要害他，你年紀這麼大了，卻對一個後生晚輩下起毒手，難道不害臊？」

枯瘦老人突地冷冷一笑，尖聲說道：「你方才那招『龍飛鳳舞』是從哪裡學來的？『金丸鐵掌』杜倉是你的什麼人？」聲音尖銳，有如狼嚎。

囊兒面色一變，但眼珠一轉，瞬即恢復常態又道：「你也不要問我的師承來歷，我也不會告訴你，反正我家公子不是武林中人，只是為了遊山玩水，才誤打誤撞地走到這裡來的，你們江湖中的仇殺，和我們根本無關，就算這些人是你殺死的，我們也不會說出去，你今天要是放我們走，我一定感激你的好處，今天的事，我絕不會說出去。」

枯瘦老人神色微微一動，冷笑道：「你這娃兒倒有趣得很，我老人家本也不忍害你，只是——」右掌突地一揚，方才接在手中的石硯，便又電射而出。囊兒只覺眼前一花，還未來得及體會出這究竟是怎麼回事，勢如奔雷的石硯，便不偏不倚地擊在他面門之上。

枯瘦老人一無表情地望著囊兒狂吼一聲，緩緩倒了下去，冷然接口又道：「只怪你們走錯了地方。」目光凜然轉向那已撲向囊兒身上，連連痛呼的管寧：「老夫只得心狠手辣一些了。」

隨著話聲，他又自緩緩走向管寧，瘦如鳥爪般的手掌，又伸了出來。

管寧眼見這方漸成長，本應享受生命中最美好的一段時光的幼童，竟為著自己，喪失了性命，心中但覺悲憤填膺，突然長身而起，滿含怨毒地望著這冷酷的魔頭，只要此人再走前一步，他便會毫不猶疑地和身撲上。

哪知這枯瘦老人目光轉處，全身突地一震，霎眼之間，面上便滿佈驚恐之色，腳步一頓，肩頭微晃，突地倒縱而起，凌空一個翻身，電也似的掠了出去。只見那寬大的彩袍微微一飄，他那瘦如風竹的身軀，便消失在亭外沉沉的夜色裡。

管寧一怔，幾乎不相信自己的眼睛，他雖是個聰明絕頂之人，但究竟初入江湖，遇著此等詭異複雜之事，本已茫無頭緒。哪知這事的演變，卻越來越奇，莫說是他，便是江湖歷練比他更勝十倍之人，也無法明瞭此事的究竟了。

他茫然怔了半晌，心中突地一動，回過頭去，心頭不禁又是驀地一跳，全身的血液，幾乎也為之停頓下來。

那垂首而立的白袍屍身，此刻竟已抬起頭來，一雙深深插入欄木中的手掌，也正自緩緩向外抽出。夜色之中，只見此人眉骨高聳，鼻正如削，面色蒼白得像是玉石所雕，一絲血跡，自髮際流出，流過他濃黑的眉毛、緊閉的眼瞼，沿著鼻窪，流入他頷下的微鬚裡。

這蒼白的面色，如雕的面目，襯著他一身潔白如雪的長袍，使他看來有如不可企及的神像。

但那一絲鮮紅的血跡，卻又給他帶來一種不可描敘的淒清之意。

管寧目定口呆，駭然而視，只見這遍體白衫的中年文士，緩緩張開眼來，茫然四顧一眼，目光在管寧身上一頓，便筆直地走了過來。

管寧心中暗歎一聲，知道自己今日已捲入一件極其神秘複雜的事件裡。是福是禍，雖然仍未可知，但此刻看來，卻是已斷言是禍非福的了。

這白袍文士，人一甦醒，便向自己走來，定然亦是對自己不利，此時此刻，此情此景，自己一個局外人陡然插入此間，自然難怪人家會對自己如此，一念至此，他心中更是百感交集，索性動也不動地站在當地，靜觀待變。

哪知這中年文士走了兩步，突地停了下來，目光一垂，俯首尋思了半晌，似乎在想什麼，管寧又是一奇，卻聽他自語著道：「我是誰？我是誰……」猛地伸出手掌，連連拍打著自己的腦袋，不斷地自語道：「我是誰，我是誰……」聲音越來越大，突地拔足狂奔，奔出亭外，奔下石階，只聽得他仍在高聲呼喊著。

「我是誰……我是誰……」叫喊的聲音，越來越遠，漸漸沉寂。

於是本已茫然的管寧，此刻更有如置身黝黑深沉的濃霧之中，摸不著半絲頭緒，只覺自己平日對事物忖度的思考之力，此刻卻連半分也用不上。心胸之中，被悲憤、哀傷、自疚、詫異、驚駭、疑惑——各種情感堵塞得像是要裂成碎片似的。

此事原本與他毫無關係，然而，此刻卻改變了他一生命運，在當時他走過那座小小的獨木橋的時候，這一切事，他又怎能預料得到的呢？

驀地——

他身側響起一聲輕微的呻吟之聲，他連忙回過頭去，俯下身子。倒臥在那並肩斜倒在亭欄之前的一對紅衫夫婦前面的囊兒，面門滿是血跡，挺直的鼻樑，亦被擊成骨肉模糊。

此刻，他正衰弱地張開了眼睛，望了管寧一眼，見到他還是好生生地活在自己的眼前，血肉模糊的面上，便綻開一絲喜悅的笑容，似乎極為安慰。因為，自己的死，終於有了代價了。

管寧只覺得心中所有的情感，在這一瞬之間，全都變成濃厚的悲哀，兩滴淚珠，奪眶而出——

冰涼的眼淚，流在他滾熱的面頰上，也流入他熾熱的心。

他任它們流下來，也不伸手拭抹一下，哽咽著道：「囊兒，你……你何必對我如此，叫我怎麼報答你！」

囊兒面上的笑容兀自未退，斷續地說道：「公子對囊兒的大恩……囊兒一死也報答不完，這……這又算得了什麼？若沒有公子……囊兒和大姐早就凍死、餓死了。」

他痛苦地扭曲了一下身軀，但此刻他心中是安詳的，因之任何痛苦，他都能面帶笑容地忍受下來，接著又道：「只要公子活著，囊兒死了算不得什麼，但是……囊兒心裡卻有一件放不下的事。」

管寧強忍哀痛，哽咽接道：「囊兒有什麼放不下的事，我一定替你做好，就算那事難如登天……不過，囊兒別怕，囊兒不會死的，像囊兒這麼乖的孩子要是死了，這世界還算得是什麼世界。」

囊兒淒然一笑，悄然合上眼睛，默默地停了半晌，接著又道：「囊兒死了，希望公子好好看待囊兒的姐姐，囊兒的姐姐也很乖，公子以後要是娶了親，就……就叫囊兒的姐姐侍候公子的夫人，公子以後若是沒有喜歡別的女孩子……就喜歡囊兒的姐姐好了，唉——大姐對囊兒真好，可是囊兒卻永遠不能看到大姐了。大姐，你會傷心嗎？」

管寧方自忍住的眼淚，此刻便又不可遏止地流了下來。

過度的悲傷，已使他再也說不出話來。

囊兒又張開了眼睛，只見他在不住地點著頭，嘴角便又泛起一絲笑容，微聲說道：「囊兒還有一件事，想求公子，公子一定答應囊兒，囊兒的……」

他這兩句說得極快，但說到一半，便停止了，良久，良久——管寧抬起頭來，卻見這天真至情的孩子，竟再也說不出話來了。

他的嘴角，還帶著一分笑容，因為他的生命雖然短促，卻是光輝而燦爛的，他生得雖然困苦，死得卻極安樂，他不曾虧負人生，人生卻有負於他……

人生，人生之中，不是常常有些事，是極為不公平的嗎？

伏在囊兒的屍身上，管寧哀哀的痛哭了起來，將心中的悲哀，都和在眼淚之中如泉湧地哭了出來，有誰能說眼淚是弱者所獨有的？勇敢的人們雖不輕易流淚，但當他流淚的時候，卻遠比弱者還要流得多的多哩！

他也不知哭了多久，肩頭突然被人重重拍了一下，他心頭一跳，回頭望處，卻見那白袍文士，不知何時，又已站在他的身後，帶著一臉茫然的神色，凝視著他，一字一字地問道：「我是誰？你知道嗎？」

痛哭過後，管寧只覺心中空空洞洞的，亦自茫然搖了搖頭，道：「你是誰，我怎麼會知道？不管你是誰，與我又有什麼關係？」

白袍中年文士呆了一呆，連連點著頭，長歎了一聲，緩緩說道：

「與你本無關係，與你本無關係。」語聲微頓，又道：「那麼和誰有關係呢？」

管寧不禁為之一愕，又自搖了搖頭，道：「和誰有關係，你問我，我也不知道。哼！我當然不會知道。」

那白袍文士又是一呆，突地雙手疾伸，一把將管寧從地上抓了起來，豎眉吼道：「你不知道，我也不知道，那麼誰知道？這裡上上下下，前前後後，都是死人，我不問你，難道去問那些死人嗎？」

管寧雙肩被他抓在手裡，但覺其痛徹骨，全力一掙，想掙脫他的手掌，但這中年文士的一雙手掌，竟像是生鐵所鑄，他竭盡全力，也掙不脫，心中不禁怒氣大作，厲聲叱道：「你連自己是誰都不知道，活著還有什麼意思，我看你——哼哼，還是死了算了。」

這中年文士雙眉一軒，瞬又平復，垂下頭去，低聲自語道：「我連自己是誰都不知道，活著還有什麼意思呢？」突地手掌一鬆，將管寧放了下來，連聲道：「是極，是極，我還是死了算了。」

轉身一望，見到那隻插在地下的鐵拐杖，身形一動，掠了過去，將拐杖拔將起來，再一擰身，便又回到管寧身前，將拐杖雙手捧到管寧面前，道：「就請閣下用這支拐杖，在我頭上一擊，把我打死算了。」

管寧只覺眼前微花，這中年文士已將拐杖送到自己面前，身形之快，有如鬼物，心中方自駭然，聽了他的話，卻又不禁愣住了，忖道：「此人難道真的是個瘋子？天下怎會有人連自己是誰都不知道？就算他是個瘋子，也不至於會瘋到這種地步呀！」

那中年文士等了許久，卻見管寧仍在垂首想著心事，雙眉一軒，道：「這支拐杖雖然不輕，但你方才那一掙，兩膀之間，至少有著兩三斤力氣，這拐杖一定拿得起，來來來！就請閣下快些動手吧！」雙手一伸，將拐杖送到管寧眼前，管寧連忙搖首道：「殺人之事，我不會做，閣下如果真的要死，還是你自己動手吧！」

那中年文士目光一涼，突地大怒道：「你叫我死了算了，卻又不肯動手，難道要叫我自己殺死自己不成？哼！你這種言語反覆之人，不如讓我一杖打死算了。」

管寧心中一動，忖道：「方才我只掙了一下，此人便已估出我兩膀的力氣，不會是個瘋子。」轉念又忖道：「他讓我動手殺他，必定是戲弄於我，試想他武功之高，不知高過我多少倍，怎會無緣無故地讓我打死？」

一念至此，他便冷冷說道：「閣下若是真的要死，我便動手好了。」劈手奪過那支黑鐵拐杖，高高舉起，方待擊下，目光斜處，卻見這中年文士竟然真的闔上眼睛，一副閉目等死的樣子，舉在空中的黑鐵拐杖，便再也落不下去。

在這一刻之中，管寧心中思潮如湧，突地想起了許多事。

他手中的黑鐵拐杖，仍高高舉在空中，心中卻在暗地尋思道：「我幼時讀那先人札記中的秘辛搜奇，內中曾有記載著一個完全正常之人，卻常常會因為一個極大的震盪，而將自己一生之中的所有事情，完全忘卻的——」

他目光緩緩凝注到那白袍書生的頭頂之上，只見他髮際血跡宛然，顯然曾被重擊，而且擊得不輕，心念一動，又自忖道：「莫非此人亦因此傷，而將自己是誰都忘得乾乾淨淨？如此說來，他便非有心戲弄於我，而是真的想一死了之？」

目光一轉，見這中年書生面目之上果然是一片茫然之色，像是已將生死之事，看作與自己毫無干係，因為生已無趣，死又何妨？

管寧暗歎一聲，又自忖道：「方才那身穿彩袍的高瘦老者，武功之高，已是令人難以置信，但他一見著這白袍書生，卻連頭也不敢回，就飛也似的逃了出去，顯見這白袍書生必是武林之中，一個聲名極大的人物，他的一生，也必定充滿燦爛絢麗的事跡。而如今呢，他卻將自己的一生事跡全部忘記。這些事跡，想必全是經過他無比艱苦的奮鬥，才能造成的。唉——人們的腦海，若是變成一片空白，什麼事也無法思想，什麼事也不能回憶，甚至連自己的姓名都不再記得，那該是一件多麼痛苦的事？若是有朝一日，我也變成如此，只怕我也會毫不猶疑，心甘情願地讓別人一杖擊死了。」

一念至此，他突地對這白袍書生，大起同情之心，手中高舉的黑鐵拐杖，便緩緩地落了下來，「噹」的一聲，落到地上。

那白袍文士倏然睜開眼來，見到管寧的目光呆呆地望在自己的臉上，雙眉微皺，怒道：「你看我做什麼，還不快些動手？」

管寧微喟一聲，道：「生命雖非人世之間最最貴重之物，但閣下又何苦將自己大好的生命，看得如此輕賤？」

那白袍書生神色微微一動，歎道：「我活著已覺無味，但求一死了之——」他雙眉突又一皺，竟又怒道：「你這人究竟是怎麼回事，方才叫我死了算了，此刻竟又說出這種話來，難道我自己的生死之事，竟要由你為我做主嗎？」

管寧心中突地一動，暗暗忖道：「我方才所說的話，他此刻竟還記得，想必他神智雖亂，卻還未至不可救藥的地步。以他的武功，在江湖上必非無名之輩，認得他的人，必定也有很多，我若能知道他的些許往事，假以時日，也許能將他的記憶恢復，亦未可知。」

這念頭在他心中一閃而過，在這一瞬之間，他便已立下幫助此人之心。一個生具至性之人，往往會因人家的痛苦，生出同情之心，而忘卻自身的痛苦。管寧此念既生，便道：「小可雖是凡庸之人，卻也能瞭解閣下的心境，閣下如能相信於我，一年之內，小可必定幫助閣下，憶起以往之事——」

白袍書生神色又為之一動，俯首凝思半晌，抬頭說道：「你這話可是真的？」

管寧胸脯一挺，朗聲道：「我與閣下素不相識，焉能有欺騙閣下之理？閣下若不相信，我也無法，只是要我動手殺死閣下，我卻是萬萬無法做出的。」右手一揮，將手中的黑鐵拐杖，遠遠拋出亭外，身形一轉，走到囊兒的屍身之前，再也不望那白袍文士一眼。

白袍書生又緩緩垂下頭去，目光呆滯地停留在地面上，似乎在考慮著什麼，一時之間全身竟動都未動。

管寧俯身將囊兒的屍身抱了起來，眼見這半日之前還活潑潑地充滿生氣的稚齡童子，此刻卻已變成僵硬而冰冷的屍身，心中不禁悲憤交集，感慨萬千。愣了半晌，轉身走出亭外，沿著石級，緩緩走了下去。

庭院之中，幽暗淒清，抬首一望，星群更稀，月已西沉。

他沉重地歎息了一聲，走到林蔭之中，將囊兒的屍身放了下來，折了段樹枝，捲起衣袖，想掘個土坑，先將屍身草草掩埋起來。

泥土雖不甚緊，但那樹枝卻更柔脆，掘未多久，樹枝便「啪」地斷了，他便解下腰間的劍鞘，又繼續掘了起來。

哪知身後突地冷哼一聲，那白袍書生竟又走到他的身後，冷冷說道：「你這樣豈不太費事了些？」

一把搶過管寧手中的劍鞘，輕描淡寫地在地上一挑，一大片泥土便應手而起。

管寧暗歎一聲，忖道：「此人的武功，確是深不可測，卻不知又是何人，能將他擊得重傷——那數十具屍身，傷勢竟都相同，能將這些人在一段極短的時間裡，都一一擊斃，這實在有些不可思議。」

「這些人在一夜之中，不約而同地到此間來，又同時被人擊斃，這其中必定關係著一件極為重大隱秘之事。但這又是什麼人呢？這些人又都是何許人物？這間莊院建築在這種隱秘的地方，主人必定是非常人物，但這主人又是誰呢？是否亦是那些屍身其中之一？這些人是否受了這主人的邀請，才同時而來？十七碗茶，卻只有十五具屍身，那兩人跑到哪裡去了？若我能找到這兩人，那麼，此事或許能夠水落石出，只是我此刻卻連這兩人是誰都不知道，所有在場之人，都死得乾乾淨淨，這白袍書生又變成如此模樣，唉——難道此事將永遠無法揭開，這些人將永遠冤沉地底嗎？」

他翻來覆去地想著這些問題，越想越覺紊亂，越想越覺無法解釋——抬起頭來，白袍文士早已將土坑掘好，冷冷地望著他。

他又自長歎著，將囊兒的屍身埋好，於是他點起一把火，讓這些詩句都化為飛灰，飄落在囊兒的屍身上。他突然對囊中那些曾無比珍惜的詩句，變得十分輕蔑，在解下他身畔的彩囊的剎那，管寧的眼淚，又忍不住流了下來。

跪在這微微突起的土丘前，他悲哀地默視半晌，暗中發誓，要將殺這無辜幼童的兇手殺死，為他復仇。

雖然他自知自己的武功，萬萬不是那身穿彩袍的詭異老人的敵手，但是他的決心，卻是無比的堅定而強烈的，當人們有了這種堅定而強烈的決心的時候，任何事都將變得極為容易了。

白袍文士一言不發地站在旁邊，面上竟也流露出一種淡淡的悲哀之意，直到管寧站起身來，他才低聲問道：「現在要到哪裡去呢？」

管寧沉重地移動著腳步，走出這悲涼的樹叢，他知道這中年文士向他問這句話的意義，已無疑是願意隨著自己一起尋求這些疑問的解答，但此刻究竟該到哪裡去呢？他卻也茫然沒有絲毫頭緒。

步出樹叢，他才發現東方已露出曙色了，這熹微的曙光，穿透濃厚的夜色，使得這幽暗淒清的庭院，像是有了些許光亮，但清晨的風吹到他身上，寒意卻更重了。

更何況在那條蜿蜒而去的碎石小徑上所倒臥的屍身，又替晨風加了幾許寒意。

他默默地在寒風中佇立了一會兒，讓混沌的腦海稍微清醒，回過頭道：「這些屍身，不知是否閣下素識？」

他話聲微頓，只見那白袍文士茫然搖了搖頭，低聲道：「我也不記得了。」

管寧長歎一聲，道：「無論如何，你也不能任憑他們的屍身，暴露於風雨之中，唉！這些人的妻子兒女若知道此一凶耗，不知要如何悲傷了。只可惜我連他們的姓名都不知道，否則我定要將他們的死訊，告訴他們的家人，也好讓他們來收屍。」

說到後來，他話聲也變得極其悲愴。

白袍文士呆了一呆，突地垂下頭，自語道：「我的家人是誰？唉——我連我究竟有沒有家都不知道。」

兩人無言相對，默然良久，各自心中，俱是悲思難遣，不能自已。

大地由黑暗而微明，此刻陽光已從東方的雲層中照射出來。

管寧默默地抬起這些屍身，將他們懷中的遺物，都仔細包在從他們衣襟上撕下的一塊布裡。因為這些東西縱然十分輕賤，然而在他們家人的眼中，其價值都是無比地貴重。管寧暗中希冀有一天能將這些東西交到他們家人的手裡，因為他深切地瞭解，這對那些悲哀的人，將是一種多大的安慰。

那白袍文士雖然功力絕世，但等到他們將這些屍身全部埋好在這深深的庭院中，早已從東方升起的太陽，已經微微偏西了。

當他們掩埋這些他們甚至連姓名都不知道的屍身的時候，他們心中，卻有如在掩埋最親近的朋友一樣的悲哀。

於是在這相同的悲哀裡，他們雖然沒有說話，但是彼此之間，卻都覺得親近了許多，這在他們互相交換的一瞥裡，他們也都瞭解到了。

但這可是一種多麼奇妙的友誼的開始呀！

踏著小徑上的血跡，走盡迴廊，走入大廳去——

管寧目光一掃，神色突地大變，但覺一陣寒意，自心頭升起，一時之間，竟驚嚇得說不出話來。

那白袍文士茫然隨著他的目光在廳中掃視一遍，只見桌椅井然，壁畫羅列，廳門半開，窗紙昏黃，卻沒有什麼奇異之處，心中不禁大奇，不知道管寧驚駭是為著什麼？

因為他的記憶之力已完全喪失了，若他還能記得以前的事，那麼他也一定會驚詫，甚至驚詫得比管寧還要厲害。

原來大廳的桌几之上此刻竟已空無一物，先前放在桌上的十七隻茶碗，此刻竟已不知到哪裡去了。

瞬息之間，管寧心中，又被疑雲佈滿，呆立在地上，暗地思忖道：「那些茶碗被誰拿走了？他為什麼要將這些茶碗拿走？難道這些茶碗之中，隱藏著什麼不能被人知道的秘密嗎？」

這些問題在他心中交相衝擊。他無可奈何地長歎一聲，走出大廳，因為他知道他縱然竭盡心力，卻也無法尋出答案的。

院中仍有十數具屍身，管寧回頭望了那白袍文士一眼，兩人各自苦笑一聲，又將這些屍身都堆在大廳旁邊的一間空房裡。

管寧心中突地一動，低語道：「不知道這座莊院中的其他房間裡，還有沒有人在。」

話猶未了，白袍文士已搖首道：「我方才已看了一遍，這莊院中除了你外，再也沒有一個活人了。」

於是管寧心中的最後一線希望，便又落空。

走出那扇黑漆大門，四面群山，歷歷在目，那片方自插下秧苗的水田，也像往昔一樣的沒有變動，只是插秧的人，卻已無法等待自己種下的秧苗長成了。

驀地——

一陣清脆的鈴聲，從晨風中傳來。兩人面色各自一變，搶步走上石級，定睛一望，只見隔澗對岸，獨木橋頭，此刻竟俏然佇立著一個翠裝少女，左手拿著一個拳大金鈴，不住地搖晃，右手抬起，緩緩撫弄著鬢邊的亂髮，一雙明如秋水的眼睛，瞬也不瞬地望著這石階的石堆小屋頂上，正自滿臉驚奇錯愕地自語著道：「真奇怪，怎麼這些人竟將一隻已經燒得七零八落的燈籠，還高掛在這裡，難道這四明山莊裡的奴才下人都死光了嗎？」

日光之下，只見這翠裝少女，雲鬢如霧，嬌靨如花，纖腰一握，臨風如柳，說話的聲音，更是如鶯如燕，極為悅耳。

管寧目光動處，不禁為之一愕。他這一夜之間，身經這連串而來的詭異、殘酷、悲哀之事，此刻陡然見著這種絕美少女，在這種荒山之間出現，心中亦不知是驚，是奇？

那白袍書生面目之上，卻木然無動於衷，這巨震之後，記憶全失之人，此刻情感的變化，全然不依常軌，自然也不是別人能夠揣測到的。

管寧微一定神，快步走上那獨木之橋，想過去問問這少女究竟是何來路。哪知他方自走到一半，翠裝少女秋波流轉，亦自走上橋回來，蓮步輕移，已到了管寧面前，手中金鈴一晃，冷冷道：「讓開些。」

這道小橋寬才尺許，下臨絕澗，勢必不能容得兩人並肩而立，管寧微微一怔，忖道：「這少女怎地如此蠻橫，明明是我先上此橋，她本應等我走過才是，怎地卻叫我讓開？難道這少女亦是此間主人不成？」

他心念尚未轉完，卻見那少女黛眉輕顰，竟又冷冷說道：「叫你讓開些，你聽到沒有？」

管寧劍眉微軒，氣往上沖，不禁亦自大聲道：「你要叫我讓到哪裡去？」

那翠裝少女冷哼了一聲，輕輕伸出一隻纖纖玉指，向對岸一指，道：「你難道不會先退回去？哼——虧你長得這麼大，連這點道理都不懂。」

管寧不禁又為之一愕，心想這少女看來嬌柔，哪知說起話來，卻如此蠻橫無理，心中不覺更是惱怒，方待反唇，目光動處，卻見這少女的一隻有如春蔥般的手指，已堪堪指到自己面前。

他本是世家之人，平生之中，除了自己家中之人以外，從未與女子打過交道，此刻與這少女面面相對，香澤微聞，心中雖然氣憤，但一轉念便想：「我又何苦與女子一般見識。」

便緩緩轉回身，走了回去。目光抬處，只見那白袍文士正自似笑非笑地望著自己。

這翠裝少女微微一笑，目光之中，像是極為得意，一手搖著金鈴，嬝娜走過橋來，眼波四下一轉，便又自語著道：「這裡的人耳朵難道都聾了不成，聽到金鈴之聲，竟還不出來迎接神劍娘娘的法駕？」

管寧心中一動，暗中尋思道：「這『神劍娘娘』又是什麼人？難道亦是此間主人請來的武林名人，卻因來得遲了，因之倖免於此次慘劫？」

心念一轉，又忖道：「那麼她對此間主人為什麼要請這些武林豪士前來的原因，總該知道了，至少她也該認得這白袍文士到底是什麼人，我從她身上，也許能將此事探出一些頭緒亦未可知。」一念至此，他忍不住回轉身去，向這翠裝少女朗聲問道：「神劍娘娘在哪裡？可否為——」

語猶未了，這翠裝少女便冷冷一笑，道：「神劍娘娘是誰你都不知道嗎？哼！」她又伸出玉指，指了指自己的鼻子，接道：「告訴你，神劍娘娘就站在你的面前，姑娘我就是神劍娘娘。」

管寧一怔，若不是心中仍然滿腹心事，此刻怕不早就噗哧笑出聲來。

這年紀最多不過十七八歲、天真未泯、憨態未消的少女，卻自稱「神劍」，自稱「娘娘」！簡直是有些豈有此理。

但這翠裝少女面上神情，卻是一本正經，生像這根本是天經地義之事，不停地搖著手中金鈴，秋波在那負手而立的白袍文士身上一轉，便又毫不停留地望到管寧面上道：「你是什麼人？還不快去告訴這裡的莊主夫人一聲，就說來自黃山的神劍娘娘專程來拜訪她了，哼——想不到名聞天下的四明山莊，竟這樣不懂規矩，叫個不懂事的小孩子來迎接客人。」

管寧目光抬處，但見這翠裝少女此刻竟是負手而立，仰首望天，一副老氣橫秋的樣子，心中不覺又是好氣又是好笑，卻又在暗中思忖道：「原來此間果然是名滿江湖的所在，只可惜我閱歷太少，連『四明山莊』這名字都未聽過，若是師父他老人家在這裡，便一定會知道這『四明山莊』的來歷，也許和莊主是素識也說不定——只是莊主到底是誰呢？」便問道：「這四明山莊莊主是誰？莊主夫人又是誰？——」

語猶未了，只見這翠裝少女杏眼一瞪，像是不勝驚詫地說道：「你居然連四明山莊的莊主紅袍客夫婦都不知道！喂，我問你，你到底是什麼人？要知道在這四明山莊裡亂闖，可不是玩的呀，一個不好，把小命賠上，那才冤哩。」

管寧雙目一轉，恍然悟道：「原來那對極其俊美的紅衫男女便是此間的莊主，唉——這夫婦二人，男的英挺俊逸，女的貌美如花，果然不愧是一對名滿天下的武林俠侶，只可惜正值盛年，便雙雙死了。」

他生具悲天憫人的至情至性，雖與這四明莊主夫婦二人素不相識，但此刻心胸之中，仍充滿悲哀惋惜傷痛之意，心念一轉，又自忖道：「這少女看來與他們夫婦二人本是知交，若是知道他們已經慘死，只怕也會難受得很。」

一念至此，管寧不禁長歎道：「不知姑娘尋找莊主夫人有何貴幹？姑娘與她如是知交，那麼但望姑娘——」

他話說到一半，卻見這翠裝少女冷笑一聲，道：「你根本就不認得人家，卻又來管我找人家幹什麼？哼，我看你呀，真是幼稚得很。」翠袖一拂，筆直地向山崖下面走去。

管寧愣了愣，他自幼錦衣玉食，弱冠後更有才子之譽，京城左右，有誰不知道文武雙全的管公子！到了這四明山莊，他雖已知道武學一道，有如浩瀚鯨海，深不可測，世事之曲折離奇，更是匪夷所思，自己若想在江湖闖盪，無論哪樣，都還差得太遠，但被人罵為「幼稚」，卻是他生平未有的遭遇。

此刻他望著自稱「神劍娘娘」的翠裝少女那婀娜而窈窕的背影，心胸之間，只覺又是恚怒，又是好笑，但心念一轉，又不禁忖道：「這少女自稱神劍，看她神態之間，武功必定不弱，但無論如何，她總是個女子，此刻下面山莊之內，血跡未清，積屍猶在。後院中更滿目俱是屍堆，她下去看到這種淒涼恐怖的景象，只怕不知嚇成如何模樣。」一念至此，他不禁脫口叫道：「姑娘慢走。」

翠裝少女腳步一頓，回過頭來，秋波如水，冷冷向他瞟了一眼，忽地「哼」了一聲，轉身向上走了兩步，嗔道：「我與你素不相識，方才與你說了幾句話，已經是給了你極大的面子，你要是再跟我亂搭訕，莫怪我要給你難看了。」

言下之意，竟將管寧當作登徒子弟，管寧絕世聰明，焉有聽不出來的道理？不禁亦在鼻孔中「哼」了一聲，暗暗忖道：「這少女怎地如此刁橫，哪裡有半分女子溫柔之態，我若是要與她終日廝守，這種罪真是難以消受。」

口中亦自冷冷說道：「在下與姑娘素昧平生，本來就沒有要和姑娘說話之意。」

目光轉處，只見這翠裝少女柳眉一揚，嬌嗔滿面，似乎再也想不到會有年輕男子對她說出如此無禮之話。一時之間，他心中不禁大為得意，覺得她方才加諸自己的羞辱，自己此刻已有報復，劍眉微軒，故意作出高傲之態，接著說道：「只是姑娘到此間，既是為了尋訪『四明山莊』的莊主夫婦，在下就不得不告訴姑娘一聲，姑娘已來得太遲了些。」

第二章 翠袖與白袍

那翠裝少女本是滿面嬌嗔，此刻聽了他的話，怒容為之頓斂，明亮的眼睛睜得老大，不勝驚訝地接口說道：「你這話是什麼意思？」

管寧雙目一翻，本想作出一個更為倨傲的樣子，來報復她方才的倨傲，但轉念一想，想到方才那些人的慘死之態，此刻自己又怎能以人家的凶耗來作為自己的報復手段。

此念既生，他不禁又對自己的行為後悔，暗中忖道：「無論如何，她總是個女子，我昂藏七尺何苦與她一般見識！」

口中便立刻答道：「不瞞姑娘說，四明山莊的莊主夫婦，此刻早已死了，姑娘若是……」

他言猶未了，哪知眼前人影突地一花，方才還站在這長長的階級之間的翠裝少女，此刻竟已站在自己眼前，驚聲道：「你這話可是真的？」

管寧心中暗歎一聲，自己目光絲毫未瞬，竟也沒有看清這少女究竟是如何掠上來的，那麼，這少女輕功之高，高過自己又何止數倍。

他心中不禁又是氣餒，又是羞慚，覺得自己實是無用得很。那少女見到他突然呆呆地發起愣來，輕輕地跺了跺腳，不耐地又追問一句：「你這人真是的，我問你，你剛剛說的話可是真的？你聽到沒有？」

管寧微一定神，長歎一聲，說道：「在下雖不才，但還不至拿別人的生死之事，來作戲言。」

那翠裝少女柳眉輕豎，接口道：「四明莊主夫婦死了，你怎會知道，難道你親眼看到不成？」

管寧垂首歎道：「在下不但親眼看到四明莊主夫婦，而且還親手埋葬了他們兩位的屍身──」

轉目望去，只見這少女目光中滿是驚駭之情，呆呆地望著自己，柳眉深顰，又像是十分傷心，不禁又自歎道：「人死不能復生，姑娘與他們兩位縱是相交，也宜節哀才是。」

他生性雖然高傲，卻更善良，方才對這自稱「神劍娘娘」、說話咄咄逼人的刁橫少女有些不滿，但此刻見著她如此神態，卻又不禁說出這種寬慰、勸解的話來。

卻見翠裝少女微微垂下頭去，一手撫弄著腰下衣角，喃喃低語著道：「四明莊紅袍夫婦兩人，竟會同時死去！這真是奇怪的事。」

目光一抬，又自問道：「你既是親眼看到他們死的，那麼我問你，他們是怎麼死的？」

管寧歎道：「四明莊主夫婦的死狀，說來真是慘不忍睹，他夫婦二人同時被人在腦門正中擊了一掌，死在四明山莊後院的六角亭內。」

翠裝少女雙目一張，大驚道：「你是說他們夫婦二人是同時被人一掌擊死的？」

管寧歎息著微一頷首，卻見翠裝少女目光突地一凜，厲聲說道：

「你先前連四明莊主是誰、長得是什麼樣子都不知道，現在你卻說你親手埋葬了他們屍身，又說他們夫婦兩人都被人一掌擊死，哼——你說的什麼鬼話！想騙誰呀！」

語聲方落，玉手突地一抬，「嗆啷」一聲，手中竟已多了一柄精光耀目、寒氣侵人的尺許短劍，微一揮動，劍身光華流轉，劍尾竟似帶有寸許寒芒，指向管寧，厲聲又道：「你到底是誰？跑到這裡來有什麼歹圖？趁早一五一十地說給姑娘聽，哼——你要是以為我是容易被騙的話，那你可就錯了。」

管寧目光動處，劍尖指向自己面門，距離不過一尺，劍上發出的森冷寒意，使得他面上的肌肉不禁微微顫動一下。

但是他卻仍然筆直地挺著胸膛，絕不肯後退半步，劍眉一軒，朗聲說道：「在下方才所說，並無半點虛言，姑娘如不相信，在下亦無辦法，就請姑娘自去看看好了。」袍袖微拂，方待轉身不顧而去。

哪知那少女突地嬌叱一聲，玉手伸縮間，帶起一溜青藍的劍光，劃向管寧咽喉。

管寧大驚之下，腳跟猛地往外一蹬，身形後仰，倒躥出去。

他學劍三年，雖然未遇名師，但是他天縱奇才，武功也頗有幾分根基，所施展的身法，此刻這全力一躥，身形竟也退後幾達五尺。

那少女冷哼一聲，蓮足輕輕一點，劍尖突地斜斜垂下。

管寧方才全力一躥，堪堪避過那一劍之擊，此刻身形卻已是強弩之末，再也無法變動一下，眼見這一波下垂的劍光，又自不偏不倚地劃向自己咽喉，只覺眼前劍光如虹，竟連招架都不能夠。

那白袍書生始終負手站在一邊，非但沒有說話，就連身子都沒有動彈一下，面上也木然沒有表情，一副漠然無動於衷的樣子，生像是世上所發生的任何事，都和他沒有絲毫關係。

在這剎那之間，管寧只覺劍光來勢，有如閃電，知道霎眼之間，自己便得命喪血濺，他雖生性豁達，但此時腦中一經閃過「死」之一字，心胸之間，亦不禁翻湧起一陣難言的滋味。

哪知——

那道來勢有如擊電般的劍光，到了中途，竟然頓了一頓。

管寧只覺喉間微微一涼，方自暗歎一聲：「罷了。」卻見劍尖竟又收回去，他已經繃緊的心弦，也隨之一鬆，還來不及再去體味別的感覺，心中只覺大為奇怪，不知道這少女此舉究竟是何用意。

目光抬處，這翠裝少女一手持劍，一手揑訣，雙手卻都停留在空中，久久沒有垂落下來，面上竟也滿帶詫異之色，凝目望著管寧，呆呆地愣了半晌，突地微微搖首，緩緩說道：「就憑你這兩手武功，怎地就敢跑到四明山莊來弄鬼？」

語聲一頓，目光仍然凝注在管寧身上，似乎對管寧方才所說的話，有些相信，卻又不能相信。

管寧挺腰而起，心中那種氣餒、羞慚的感覺，此刻變得越發濃厚。從這少女的言語神態中，他知道她之所以劍下留情，並非因為別的，僅是因為自己武功太差而已。

這一分淡淡的輕蔑，對於一個生性高傲、倔強的人來說，確是一種難堪的屈辱，管寧望著她的神色，直恨不得自己方才已經死在她的劍下，一時之間，心中真是滋味難言，連哭都哭不出來，長歎一聲，緩緩道：「在下本非武林中人，四明莊主與我更是無怨無仇，在下縱然已卑鄙到姑娘所想的地步，也不會去暗算人家，方才……」

翠裝少女呆呆地望著他，卻似根本沒有聽到他的話。

管寧強自忍耐著心中的氣憤，接著又道：「在下本為避雨而來，哪知一入此間，竟發現遍地屍身狼藉，在下與他們雖然素不相識，亦不忍眼看他們的屍身，此後日遭風吹雨淋之苦，是以便將他們埋葬起來。」

他語聲略頓，只見那翠裝少女面上，果然已露出留意傾聽的神色來，便又接著說道：「在下本不知道這些屍身之中有無四明山莊的莊主，也不知道誰是四明莊主，是以方才姑娘詢問之下，那時在下的確是全不知道。」

那少女秋波一轉，目光漸漸變得柔和起來，卻聽管寧又道：「但是，姑娘後來說起『四明紅袍』，在下方自想到，屍身之中，確有男女二人，是穿著一身紅色衣衫的，在下雖不知姑娘尋訪他們，究竟是為什麼，但是猜測姑娘與他夫婦二人，總是素識，生怕姑娘聽了他們噩耗，會……」

翠裝少女幽幽長歎一聲，接口說道：「其實，我與四明紅袍夫婦兩人也不認識，我來尋找四明莊主夫婦，為的不過想來找她比劍而已。」

此刻她已知道方才不能瞭解之事，並非對面這少年在欺騙自己，因為她從他的眼光之中，已找出自己可以相信他所說的理由來，有著一雙誠實的眸子的人，不是很少會說謊話的嗎？

因之她對自己方才的舉動，便微微覺得有些歉意，說話的語調，也隨之溫柔起來。

管寧目光閃一下，方待開口，哪知她略為一頓，竟自幽幽歎了口氣，接著說道：「唉，只是我再也想不到，她竟會死了，唉——」

她一連歎了兩聲，語聲似乎十分悲傷惋惜，哪知她竟接著又道：「現在巾幗中，直到目前為止，江湖中人還只知道『紅粉三劍』，我卻連跟她們比試一下的機會都沒有，我真是倒楣，跑遍了江南江北，一個也沒有找到，只望到了這四明山莊，總不會再落空的了，哪知……唉！」

她又長歎一聲，但她所悲傷惋惜的，竟不是這四明莊主夫人的死，而只是她死得太早了些。管寧聽了不覺為之一愕。他一生之中，再也想不到世上竟有生性如此奇特的女子，生像是她心中除了自己之外，再不會替別人設想半分。

卻見她突又微微一笑，將手中的短劍，插入藏在袖中的劍鞘裡，一面對管寧說道：「你武功太差，當然不會瞭解我心裡的感覺，你要知道……」

管寧劍眉一軒，截斷了她的話，沉聲說道：「在下亦自知武功不如姑娘遠甚，但是武功的深淺，與人格並無關係，是以在下武功雖差，但卻非慣受別人羞辱之人。」

他話聲微微一頓，那翠裝女子不禁為之一愕。她自幼嬌寵，向來只知有己，不知有人，別人對她有半分不敬，她便會覺得此人罪不可赦，但她對別人加以羞辱，卻認為毫無關係，而事實上，她所接觸的人從未有人對這種羞辱加以反抗的。

是以她此刻聽了管寧的話，心中便不禁泛起一陣奇異的感覺。

卻聽管寧接著又道：「方才在下向姑娘說出的話，並非想對姑娘解釋，只是想要姑娘知道，在下並非慣作謊言之人而已，此刻言已至此，相不相信，也只有由得姑娘了。」

他說話的聲音，雖然極為低沉，但每一字一句，其中都似含有重逾千斤的分量，直可擲地而作金石之聲。

這種剛強的語氣及言詞，卻是翠裝少女一生之中從未聽過的，此刻她呆呆地愣在那裡，一時之間，竟然無法說出話來。

哪知管寧話聲一了，握在劍柄的手掌忽地一翻，竟然「嗆啷」一聲拔出劍來，橫劍向自己喉間刎去。

翠裝少女面色驟變，驚呼一聲，電也似的掠上前去。

但是她身形雖快，卻已不及。眼看管寧便得立時血濺當地。哪知就在劍鋒距離他咽喉之間尚在寸許之差的當兒，只覺身側突地白影一閃，接著肘間突地一麻，竟無法再舉起，此刻翠裝少女便已掠到他身前，亦自一把握住他的手腕。

於是，這心高氣傲的少年，雖想以自己的鮮血來洗清這種難堪的羞辱，卻也已無法做到了。

「嗆啷」一聲，管寧手中的長劍，斜斜地落了下去，劍柄撞著地上的一塊石頭，柄上精工鑲著的一顆明珠，竟被撞得鬆落下來，向外跳出數尺，然後向山崖旁邊滾落下去。

管寧茫然張開眼來，第一個觸入他眼簾的，卻又是這翠裝少女那一雙明媚的秋波，正帶著一種奇異而複雜的光彩望著自己。

他感覺到自己肘間的麻木，極快地遍佈全臂，又極快地消失無影。然後，他開始感覺到自己的手腕，正被握在一雙滑膩而溫暖的柔荑裡，於是，又有一陣難言的感覺，自腕間飛揚而起。

兩人目光相對，管寧不禁為之痛苦地低歎一聲，忖道：「你又何苦救我？」

這一生從未受過任何打擊、羞辱的少年，在這一日之間，卻已體味到各種他從未有過的感覺……

驚恐、迷亂、困惑、氣餒，以及饑餓與勞頓，本已使他的自尊和自信受到無比的打擊與折磨。

於是，等到這翠裝少女再給他那種難堪的羞辱的時候，他那已因各種陡然而來的刺激而變得十分脆弱的心靈，便無法承受下來。

此刻他茫然站在那裡，心胸之中，反倒覺得空空洞洞的，不知道在想些什麼。

他想將自己的手腕，從這少女的柔荑中抽出，但一時之間，他卻又覺得全身是那麼虛軟，虛軟得連動彈都不願動彈一下。

這一切事與這一切感覺的發生與消失，在當時不過是霎眼間事。

翠裝少女微一定神，垂首望了自己的纖手一眼，面頰之上，亦不禁飛起兩朵嬌羞的紅雲來。

於是，她鬆開手，任憑自己的手掌，無力地垂落下去……

卻聽身側響起一個冰冷的聲音，緩緩說道：「你這人怎地突然想死，你答應我的話還未做到，千萬死不得。」

管寧長歎一聲，回過頭去，他也知道自己方才肘間的麻木，定是被這白袍書生的手法拂中，他深知這白袍書生，定必是個武功深不可測的異人，是以他此刻倒沒有什麼驚異的感覺。

翠裝少女直到此刻，才發覺此間除了自己和這少年之外，還有第三者存在。她奇怪地問著自己：「怎地先前我竟沒有注意到他？」

於是，她本已嫣紅的面頰，便更加紅了起來。因為她已尋得這問題的答案，她知道當自己第一眼看到這少年，和他開始說第一句話的時候，自己心裡便有了一分奇異的感覺。

而這種感覺，不但是她前所未有，而且使她十分驚恐。

她用了各種方法──偽裝的高傲與冷酷來掩飾這種情感，但是她此刻終於知道，這一切掩飾，都已失敗了。

她煩惱地再望這白袍書生一眼，便又發覺一件奇怪的事。

她發覺他的面目之上，似乎少了一樣東西，他面目的輪廓，雖然是這麼清晰而深邃，有如玉石雕成的石像般俊逸，但卻因為少了這樣東西，而使他看來便有些漠然而森冷的感覺。

於是，她那雙明亮的眼睛，便不自覺地在他面目上又盤旋一轉，方自恍然忖道：「呀！怎地這人的面目之上，竟然沒有一絲人類的情感？」

在方才管寧拔劍出鞘的那一剎，她便立即閃電般掠上前去，她雖然與管寧站得那麼近，但是，她發覺自己還是比這白袍書生遲了一步。

「那麼，這人究竟是誰，身手竟如此驚人！但是神態之間，卻又像是個什麼都不知道的呆子。」

這問題她雖因自己方才情思之翻湧而沒有想到，但此刻一念至此，她卻又不禁為之奇怪起來，心中的思潮，也就更加紊亂了。

但是管寧此刻思潮的紊亂，卻更遠在她之上。他雖然自負聰明絕世，但此刻卻仍然不知道自己究竟該如何是好。

太陽，升得更高了，金黃色的陽光，劃破山間的雲霧，使得那濃厚的霧氣，像是被撕碎的紙片，一片一片地隨著晨風飛散開去。

翠裝少女困惑地望著白袍書生，白袍書生茫然地望著管寧。

管寧的目光，卻呆呆地望在地上。

地上，放著他那柄長劍，陽光照在劍上，劍脊兩邊的鋒口，閃爍著一陣陣奪目的光彩。

清晨的生命，原本是光輝而燦爛的，但此刻站在清晨陽光下的三個人，卻有如三尊死寂的石像，誰也沒有再說一句話。

雲淡如白，天青勝藍，人靜如石。

突地——兩條深灰的人影，在石屋後的樹叢中一閃而沒。接著，數十道尖銳的風聲，由樹叢間電也似的向他們襲了過來。

陽光之下，只見每一縷風聲之中，都有一點黝黑的影子。

翠裝少女面容驟變，她雖在思潮紊亂之中，但多年來從未中輟的刻苦鍛鍊，使得她能夠明確地判斷出此刻正有九道暗器，分襲她背脊骨左右的七處穴道。

她雖未看到這些暗器究竟是屬於哪一種類，但是從帶起的那種尖銳而凌厲的風聲上，她知道發出這些體積細小的暗器的人，其內力的強勁，已是武林中頂尖的高手。

這些意念在她心中不過一閃而逝，她大驚之下，纖腰一折，身形頓起，有如一道翠綠色的輕煙，冉冉飛上九霄。於是這一蓬暗器，便筆直地射向呆呆站立著的管寧和那白袍書生身上。

凌空而起的翠裝少女，目光一垂，芳容又自一變，她知道管寧的身手萬萬不足以避開這些暗器，但她自己身形已起，此刻縱然拚盡全力，使身形下落，卻也不能擋住這有如漫天花雨、電射而至的數十道暗器了。

她不禁失色地驚呼一聲。

哪知——那白袍書生眼角微瞟，突地冷冷一笑，袍袖微揚，呼的一聲，翠裝少女只覺一股無比霸道的勁風自腳底掠過，而那數十道暗器，也隨著這股勁風，遠遠地落到一丈開外。

剎那之間，沙石飛揚，岸邊的沙石，竟被這股勁風激得漫天而起。

翠裝少女纖腰微扭，凌空一個轉折，秋波瞬處，忽地瞥見那小小石屋後的樹蔭深處，兩條深灰色的人影沖天而起，有如兩條灰鶴一般，沿著山崖展翅飛去。

管寧茫然抬起頭來，方才所發生的一切事，生像是與他毫無關係似的。因為他此刻早已將自己的生死之事，置之度外。

此刻這高傲的少年心中，只是覺得微微有些慚愧而已，因為他自知即使自己有心避開那些暗器，力量卻也不能達到。

他暗自歎息一聲，目光瞬處，見那翠裝少女身形方自落地，便又騰身而起，蓮足輕點處，倏然幾個起落，向那兩條灰影追去。

白袍書生目光一直空洞地望著前方，似乎根本沒有看見樹蔭中的兩條人影，也沒有看到那翠裝少女掠去的方向。

等到翠裝少女曼妙的身形已自掠出數丈開外，他面上的神色，才為之稍稍變動一下，突地一拂袍袖，瘦削的身形，便有如離弦之箭般直躥出去。

炫目的陽光之下，他那白色的身影，竟有如一道淡淡的輕煙，幾乎不需要任何憑藉，便已倏然掠出十丈開外。

剎那之間，這兩條人影便已消失在樹蔭深處，管寧目送著他們的背影消失，兀自呆呆地凝目半晌，一面暗問自己：「管寧呀管寧，這一夜之間，你究竟在做些什麼？平白惹了不少煩惱，平白遭受不少羞辱，還使得正值錦繡年華的囊兒，也因之喪失了性命，管寧呀管寧，這錯的究竟是誰？」

他抬首仰望蒼穹，仍然天青如洗，偶然有一朵白雲飄過，但轉瞬間便已消失蹤跡，他只希望自己心中的煩惱，也能像這白雲一樣，在自己心中，不過是偶然寄跡而已。

「但是這些事，卻又是那樣鮮明地鏤刻在我心裡，我又怎能輕易忘記呢？」

他黯然長歎一聲，目光呆滯地向四周轉動一下。樹林依舊，石屋依舊，山崖依舊，但是人事的變遷，卻是巨大得幾乎難以想像。

直到昨晚為止，他還是一個愉快的、毫無憂鬱的遊學才子，他可以到處萍蹤寄跡，到處遨遊，遇著值得吟詠的景物，而自己又能捕捉這景物的靈秀之時，他便寫兩句詩。

遇著不帶俗氣的野老孤樵，他也可以停下來，和他們說兩句閑語，是以，他的心境永遠是悠閒的，悠閒得有如一片閑雲，一隻野鶴。

但此刻，他的心境卻不再悠閒了。

這四明山莊裡群豪的死亡，本與他毫無干係，但他卻已捲入此中的漩渦，何況他更已立下決心，將此事的真相探索出來，而他一生之中，也從未將自己已經決定的事再加更改的。

但這是多麼艱巨的事呀，他知道自己無論閱歷、武功，要想在江湖中闖蕩，已差得甚遠，若想探索這奇詭隱秘的事，那更是難上加難，再加以他甚至連這些屍首究竟是誰都不知道。

還有，那翠裝少女略帶輕蔑的笑聲、凝視默注的目光，以及她曾加於己的羞辱，更加使他刻骨銘心，永難忘懷。

於是他此刻便完全迷失了。

他不知道自己此刻究竟該怎麼做，神秘而奇詭的白袍書生、刁橫卻又可愛的翠裝少女，此刻都已離他遠去，他自問身手，知道自己若想追上他們，那實在比登天還要難些。

「但是我又怎能在此地等著他們呢？」

於是他終於轉過頭，走向那獨木小橋，小心地走了過去。

他雖然暗中告訴自己：「這事其中必定包含著一件極其複雜隱秘的武林恩怨，就憑我的能力，只怕永遠也不能探索出它的真相，何況此事根本與我無關，以後如有機緣，我自可再加追尋，此刻，還是忘卻它吧！」

但此事卻又像是一根蛛絲，纏入他的頭腦裡，他縱然想拂去它，卻也不能。

他心中暗歎著，邁著沉重的腳步，走向來時所經的山路，暗暗忖道：「不用多久，我便可以下山了，又可以接觸到一些平凡而樸實的人，那麼，我也就可以將這件事完全忘卻了。」

哪知——

山路轉角處，突地傳來「篤篤」兩聲極為奇異的聲響，似乎是金鐵交鳴，又似乎是木石相擊，其聲鏗然，入耳若鳴。

朝陽曦曦，晨風依依，天青雲白，空山寂寂。管寧陡然聽見這種聲響，不禁為之一驚，趕前兩步，想轉到山彎那邊去看個究竟。

但他腳步方抬，目光動處，卻也不禁驚得呆住了，前行的腳步，再也抬不起來。

山崖，遮去了大部分由東方射來的陽光，而形成一個極大的陰影，橫亙在山下。山下的陰影裡，此刻卻突地多了一個人。

管寧目抬處，只見此人鶉衣百結，鳩首泥足，身軀瘦削如柴，髮鬈蓬亂如草，只有一雙眼睛，卻是利如閃電，正自瞬也不瞬地望著管寧。但是，使管寧吃驚的，卻是這鶉衣丐者，竟然亦是跛足，左肋之下，挾著一根鐵拐杖。

這形狀與這鐵拐杖，在管寧的記憶中，仍然是極其鮮明的。他清楚地記得在那四明山莊後院小亭裡的丐者屍身，清楚地記得那支半截已自插入地下的黑鐵拐杖，也更清楚地記得，自己曾經親手將他們埋入土裡，在搬運這丐者屍身的時候，他也曾將那張上面沾血跡的面孔，極為清楚地看了幾眼。

「那麼，此刻站在我面前的人，卻又是誰呢？難道是……」他驚恐地暗問著自己，又驚恐地中止了自己思潮，不敢再想下去。

這跛足丐者閃電般的雙目，向管寧上上下下打量了一遍，突地露出白森森的牙齒，微微一笑，一字一字地說道：「從哪裡來？」

聲音是緩慢而低沉的，聽來有如高空落下的雨點，一滴一滴地落入深不見底的絕壑中，又似濃霧中遠處傳來的鼓聲，一聲一聲地擊入你的心房裡。

管寧下意識地點了點頭，往身後一指，卻見這跛丐語聲之中，彷彿有著一種令人無法抗拒的力量，卻全然沒有想到，自己和這跛丐素不相識，而他怎會向自己問話。

跛丐又自一笑，嘴皮動了兩動，像是暗中說了兩個「好」字，左肋下的鐵拐杖輕輕一點，只聽「篤」的一聲，他便由管寧身側走過。

管寧動也不動地站在那裡，心中突地一動，他便連忙捕捉住這個意念，暗自尋思道：「對了，他的左足是跛的，而另一個卻是跛了右足。」

他恍然地告訴自己，於是方才的驚疑之念，俱一掃而空。

於是他暗自鬆了口氣，第二個意念卻又立刻自心頭泛起：「但是他怎地和那死去了的丐者如此相像，難道他們本是兄弟不成？」

轉念又忖道：「他此刻大約也是往那四明山莊中去，我一定要將這凶耗告訴他，同時假如他們真是兄弟，我便得將死者的遺物還給他。」

此刻，這生具至性的少年，又全然忘記了方才的煩惱，只覺自己的力量如能對人有所幫助，便是十分快樂之事。一念至此，便立刻回轉頭去，哪知目光瞬處，身後的山路，卻已空蕩蕩地杳無人影，只聽得「篤篤」的聲響從山後傳來，就這一念之間，這跛足丐者竟已去遠了。

他驚異地低呼一聲，只覺自己這半日之間所遇之事、所遇之人，俱是奇詭萬分，自己若非親眼所見，幾乎難以置信。

呆呆地企立半晌，他在考慮著自己是否應該追蹤而去，心念數轉，暗歎忖道：「這丐者身形之快，幾乎令人難以置信，我又怎能追得到他！」

又忖道：「反正那死去跛丐的囊中，除了一串青銅制錢之外，就別無他物，我不交給他，也沒有太大關係。何況以他身形之快，說不定等一下折回的時候，自會追在我前面，那時才說好了。」

於是他便又舉步向前行去，山風吹處，吹得他身上的衣袂飄飄飛舞，他伸出雙手，在自己一雙眼瞼上擦拭一下，只覺自己身心俱都勞累得很，他雖非手無縛雞之力的文弱書生，但一日之間，水米未沾，目未交睫，更加上許多情感的激動，也足夠使得任何一個人生出勞累之感了。

轉過山彎，他記得前面是一段風景勝絕的山道。濃蔭匝地之中，一彎清澈的溪水，自山左緩緩流出，潺潺的流水聲、啾啾的鳥語聲，再加上風吹枝葉的微響，便交織成一首無比動聽的音樂。

白天，你可以在這林蔭中漏下的陽光碎影裡，望著遠處青蔥的山影，傾聽著這音樂。晚上，如果這天晚上有月光或是星光的話，這裡更像是詩人的夜境一樣，讓你只要經過一次，便永生難忘。

管寧心中雖是思潮紊亂，卻仍清晰地記得這景象，他希望自己能在這裡稍微歇息一下，也希望自己能在這裡靜靜地想一想，讓自己的理智從歇息中恢復，然後替自己決定一下今後的去向。

他到底年紀還輕，還不知道人生之中，有許多重大的改變，並不是自己的決定便可以替自己安排的。

哪知他身形方自轉過山彎，目光動處，只見山路右側，樹蔭之下，竟一排站著七八個錦衣佩劍的彪形大漢，一眼望去，似乎都極為悠間，其實個個面目之上，俱都帶著憂鬱焦急之色。尤其是當先而立的兩個身材略為矮胖的中年漢子，此刻更是雙眉緊皺，不時以焦急的目光，望著來路，似乎是他們所等待著的人久候不至，而他們也不敢過來探看一下。

管寧腳步不禁為之略微一頓，腦海之中，立刻升起一個念頭：「難道這些人亦與那四明山莊昨夜所發生的慘事有關？」

卻見當先而立的兩個錦衣佩劍的中年漢子，已筆直地向自己走了過來，神態之間，竟似極為恭謹，又似極為躊躇，而目光之中的憂鬱焦急之色，卻更濃重，這與他們都麗的衣衫與矯健的步履大不相稱。

管寧暗歎一聲，忖道：「果然不出我之所料，這些人又要來找我打聽四明山莊之事了。」

心念一轉，又忖道：「這些人看來俱是草莽豪強一類人物，不知道他們究竟是和那些死屍中的哪一個有著關係？」

動念之間，這兩個錦衣漢子已走到他身前，躬身行下禮去，管寧怔了怔，亦自抱拳一揖，只見這兩個漢子的目光在自己腰畔已經空了的劍鞘上看了兩眼，方自抬起頭來恭聲道：「閣下可是來自四明山莊的？」

管寧微一頷首，卻聽右側的漢子已接著說道：「在下于謹，乃是羅浮山中第七代弟子，此次在下的兩位師叔，承蒙四明莊主寵召，由羅浮兼程趕來與會，在下等陪同而來，唯恐四明莊主怪罪，是以未上山打擾，還望莊主原諒弟子們不敬之罪。」

管寧又自一怔，方自恍然忖道：「原來他們竟將我當作四明山莊中人，是以說話才如此恭謹，唉——這些人一個個俱都衣衫都麗，氣宇不凡，但對四明山莊，卻畏懼如斯，看來這四明紅袍倒真是個人傑了。」

一時之間，他對這四明莊主之死，又不禁大生惋惜之意。

這錦衣漢子語聲一頓，望見他面上的神色，雙眉微微一皺，似乎甚是不解，沉吟半晌，接著又道：「昨日清晨，在下等侍奉兩位師叔上山，兩位師叔本命弟子們昨夜子時在山下等候，但弟子們久候不至，是以才斗膽上山，卻也未敢冒犯，進入四明山莊禁地，閣下如是來自四明山莊，不知可否代弟子們傳達敝師叔一聲。」

管寧劍眉微軒，長歎一聲道：「不知兄台們師叔是誰？可否告訴小可一聲？」

這錦衣漢子微微一怔，目光在管寧身上掃動一遍，神色之間，似乎對這少年竟然不知道自己師叔的名頭大為驚異，與身側的漢子迅速地交換了一個目光，便又垂首說道：「弟子們來自羅浮，敝師叔便是江湖上人稱彩衣雙劍的萬化昆仲，兄台如是來自四明山莊，想必一定見著他們兩位吧！」神態雖仍極為恭謹，但言語中，卻已微帶疑惑之意。

管寧俯首沉思半晌，忽然想到那個手持長劍、死後劍尖仍然搭在一起的錦衣胖子，不禁一拍前額，恍然說道：「令師叔想必就是那兩位身穿錦衣、身軀矮胖的中年劍手了。」

這兩個錦衣漢子不禁各自對望一眼，心中疑惑之意，更加濃厚了。原來那「彩衣雙劍」本是江湖中大大有名的人物，武林中人幾乎沒有人不知道羅浮劍派中，有這兩個出類拔萃的劍手，此刻管寧如此一問，哪裡是聽過這兩人的名頭，這兩個錦衣漢子不禁暗中尋思道：「他如是四明紅袍的門下弟子，又怎會不知羅浮彩衣之名？」

但他眼見了管寧氣宇軒昂，說話的神態，更似乎根本未將自己兩位師叔放在心上，又不禁對他的來歷大生驚異，他也怕他是江湖中什麼高人的門下，是以便不敢將自己心中的疑惑之意表露出來。他們卻不知道管寧根本不是武林中人，「羅浮彩衣」的名頭再響，他卻根本沒有聽過。

卻聽管寧又自追問一句：「令師叔可就是這兩位嗎？」

那自稱于謹的漢子便頷首道：「正是！」

稍頓一下，又道：「閣下高姓大名，是否四明莊主的門下，不知可否見告？如果方便的話，就轉告敝師叔一聲。」

管寧又自長歎一聲，截斷了他的話，沉聲說道：「在下雖非四明山莊中人，但對令師叔此刻的情況，卻清楚得很……」

說到這裡，他忽然覺得自己的措詞極為不妥，目光轉處，卻見這兩個彩衣漢子面上都已露出留意傾聽的神色來，沉吟半晌，不禁又為之長歎一聲，接著道：「不瞞兩位說，令師叔……唉，但望兩位聞此噩耗，心裡不要難受……」

他心中雖想將此事很婉轉地說出來，但卻又不知該如何措詞，是以說起話來，便覺吞吐得很。

這兩個錦衣中年漢子面上神色倏然一變，同時失聲驚道：「師叔他老人家怎樣了？」

管寧歎道：「令師叔在四明山莊之中，已遭人毒手，此刻……唉！只怕兩位此後永遠再也無法見著他們兩位之面了。」

這句話生像是晴天霹靂，使得兩個錦衣中年漢子全身為之一震，面色立刻變得灰白如死，不約而同地跨前一步，驚呼道：「此話當真？」

管寧緩緩頷首道：「此事不但是在下親目所見，而且……唉，兩位師叔的遺體，亦是在下親手埋葬的。」

卻見這兩個彩衣漢子雙目一張，目光突地暴出逼人的神采，電也似的在管寧身上凝目半晌，那自稱于謹的漢子右肘一變，在右側漢子的肋下輕輕一點，兩人齊地退後一步，右腕一翻，只聽「嗆啷」一聲，這兩人竟然齊地撤下腰間的長劍來。

剎那之間，寒光暴長，兩道青藍的劍光，交相錯落，繽紛不已，顯見這兩人的劍法，俱都有了驚人的造詣，在武林之中，雖非頂尖之輩，卻已是一流身手了。

管寧劍眉一軒，沉聲道：「兩位這是幹什麼？」

于謹腳步微錯，厲叱道：「敝師叔們是怎麼死的？死在誰的手上？哼哼，難道四明山莊裡的人都已死盡死絕？敝師叔就算真的死了，卻也毋庸閣下動手埋葬，閣下究竟是誰？若不好生說出來，哼，那我兄弟也不管閣下是何人門下，也要對閣下不客氣了！」

一時之間，管寧心中充滿不平之氣，他自覺自己處處以助人為本，哪知卻換得別人如此對待自己，他助人之心雖不望報，然而此刻卻自也難免生出氣憤委屈之意。

望著面前繽紛錯落的劍光，他非但沒有畏縮，反而挺起胸膛，瞠目厲聲道：「我與兩位素不相識，更無仇怨，何必危言聳聽欺騙兩位？兩位如不相信，大可自己去看上一看，哼哼，老實告訴兩位，不但兩位師叔已經死去，此刻四明山莊中，只怕連一個活人都沒有，若非如此，在下雖然事情不多，卻不會將四明山莊數十具屍身都費力埋葬起來。」

此刻他對此事的悲憤惋傷之心，已全然被憤怒所代，是以說起話來，便也語鋒犀利，遠非方才悲傷歎息的語氣。

語聲方了，眼前劍光一斂，那兩個錦衣漢子一齊垂下手去，驚道：「你說什麼？」

此四字語聲落處，身後突又響起一聲驚呼：「你說什麼？」

這兩個錦衣漢子不禁又為之一驚，旋目回身，眼前人影突地一花，只聽嗖然幾聲，管寧身前，便又已多了四個高髻藍衫的中年道者，將管寧團團圍在中間，八道利如閃電的目光，一齊凝注在管寧身上，又自齊聲問了一句：「閣下方才說的什麼？」

那兩個錦衣漢子面上倏然恢復了冷冷的神氣，目光向左右瞟了一眼，于謹便自乾笑一聲道：「我當是誰，原來是武當門下到了，好極，好極，四位道兄可曾聽到，這位仁兄方才在說，此次前來四明山莊的人物，此刻已經全都死了？哈哈……」

他又自乾笑數聲，接道：「峨嵋豹囊、四明紅袍、終南烏衫、武當藍襟、君山雙殘、太行紫靴、少林袈裟、羅浮彩衣，居然同時同地，死在一處，四位道兄你聽聽，這是否笑話！」

他邊說邊笑，但笑聲卻是勉強已極，甚至已略帶顫抖，可見他口中雖說不信，心中卻非完全不信。那四個藍衫道人冷瞟了他一眼，其中一個身材頎長的道者微微一笑，冷然道：「原來是于謹、費慎兩大俠，難道此次四明之會，令師也到了嗎？」

于謹手腕一翻，將手中的長劍，隱在肘後，一面含笑道：「此次四明之會，家師雖未親來，但在下兩位師叔全都到了，而且到得最早。」

他語聲微頓，另一錦衣漢子費慎卻已接道：「在下等恭送敝師叔等上山之際，曾經眼見終南山的烏衫獨行客、四川峨嵋的七毒雙煞、嵩山少林寺達摩院的兩位上人、太行紫靴尊者座下的『四大金剛』中伏虎、移山兩位金剛，以及太行雙殘中的公孫二先生公孫右足，都相繼到了四明山莊，此刻四位護法已都來了，想必武當的藍襟真人的法駕，也到了四明山，那麼……」

他乾笑幾聲，眼角斜瞟，冷冷瞥了管寧一眼，道：「這位仁兄竟說四明山莊中再無活人，普天之下，只怕再也無人會聽這種鬼話。」

管寧劍眉再軒，怒道：「在下所說的話，兩位如若不相信，也就罷了，在下也沒有一定要兩位相信之意。」

方才費慎所說的話，他每字每句都仔仔細細地聽在耳裡，再在心中將他所說的人，和自己在四明山莊後院之中，由院中小徑一直到六角涼亭上所見的屍身對照下，不禁為之一切恍然，暗中尋思道：「我最初見到的中年壯漢和虬髯大漢，想必是那太行紫靴尊者座下的兩位金剛，而那個矮胖的錦衣劍手，自然是『羅浮彩衣』，三個藍袍道人，定是武當劍客，兩位僧人便是少林達摩院中的高僧了。」

他思路略微停頓一下，又忖道：「亭中的紅袍夫婦，自是四明紅袍莊主夫婦，一身黑衣的枯瘦老者，是終南的烏衫獨行客，跛足丐者，顧名思義，除了君山雙殘中的公孫右足外，再無別人，而我方才所見跛丐，自然便是君山雙殘中的另一人了，只因他來得稍遲，是以僥倖避過這場劫難。」

想到這裡，他卻不禁皺眉，道：「但是他們口中所說的四川峨嵋的七毒雙煞又是誰呢？該不會是那已經喪失記憶的白袍書生吧？他身畔既無豹囊又只是孤身一人……那麼，此人又是誰？」

須知他本是聰明絕頂之人，這費慎一面在說，他便一面在想，費慎說完，除了這最後一點疑問之外，他也已想得十分清楚。

但是費慎的最後一句話，卻又使他極為憤怒，是以費慎語聲一了，他便厲聲說出那句話來。

費慎冷笑一聲，道：「『如不相信』，也就罷了——哼哼，閣下說話倒輕鬆得很，如果這樣，那豈非世上之人，人人俱可胡言亂語，再也無人願講真話了。」

管寧心中，怒氣更如浪濤澎湃而來，訥訥地愣了半晌，竟自氣得說不出話來。

費慎面上的神色，更加得意，哪知那瘦長道人卻仍然滿面無動於衷的樣子，伸手打了個問訊，竟自高宣一聲佛語，緩緩說道：「無量壽佛，兩位施主所說的話，聽來都是極有道理，若是這些武林中名重一時的武林人物，在一夜之間，俱都同時死去，此話不但難以令人置信，而且簡直有些駭人聽聞了。」

于謹立刻乾笑一聲，接口道：「就算達摩尊者復生，三丰真人再世，只怕也未必能令這些人物同時死去，當今武林之中，武功雖有高過這幾位的人，譬如那西門……」

「西門」兩字方一出口，他語聲竟自倏然而頓，面上的肌肉，也為之劇烈地扭曲了一下，彷彿倏然之間，有條巨大的蜥蜴，鑽入他衣領，沿著他背脊爬過一樣，使得他隱在肘後的長劍，都不禁微微顫抖了起來。半晌之後，他方自接道：「他武功雖高，但若說他能將這些人一舉殺死，嘿嘿，卻也是萬萬無法做到之事。」

他強笑兩聲，為的不過是壓下心中的驚恐而已，他卻還是沒有將「西門」之後的名字說出來。

管寧心中一動，忖道：「聽他說來，四明山莊中的這些屍身，竟然是武林中的頂尖高手，但那『西門』卻又是誰呢？怎地他對此人竟如此懼怕？」

卻聽那頎長道人已自緩緩說道：「費大俠所說的話，正是武林人所俱知之事——」

他目光緩緩轉向管寧，接道：「但是這位施主所說之言，貧道看來，想必亦非憑空捏造。想那四明山莊近在咫尺，他如在說虛言，豈非立即便能拆穿？那麼非但于、費兩位大俠不能放過，便是貧道，也萬難容忍的。」

于謹微一沉吟，接口道：「此人明知四明山莊千步以內，便是禁地。武林中人不得允許，擅入禁地，能夠全身而退的，十年來幾乎從未有過，我等又豈會為了他的幾句胡言亂語，而做出觸怒四明山莊莊主之事呢？」

那頎長道人一笑道：「但是如是虛言，卻又是為著什麼？我看還是請這位施主將自己所見，詳細對咱們說上一遍，那麼是真是偽，以于、費兩位之才，想必也能判斷。如果此事當真，彩衣雙劍以及貧道等的三位師兄，俱已死去，那不但你我要為之驚悼，只怕整個武林，也會因之掀起巨浪；如果此事只是憑空捏造的，那麼——到那時再說亦不算遲呀！」

這頎長瘦削的道人，一字一句，緩緩說來，不但說得心平氣和，清晰已極，而且面目之上始終帶著笑容，似乎這件關係著他本身同門的生死之事，並未引起他的心緒激動。

但于謹、費慎，以及此時已圍聚過來的另外五個彩衣大漢，卻個個都已激動難安。但這頎長道人，卻正是武當掌門藍襟真人座下的四大護法之首，地位雖還比不上已先到了四明山莊中的「武當三鶴」，但卻已是武林名重一時、一言九鼎的人物。是以他所說的話，大家心中雖然氣憤，也只得默默聽在耳裡，並未露出反對的神色。

管寧暗歎一聲，此刻他已知道，自己昨夜不但遭遇了許多煩惱，並且已捲入一件足以震動天下的巨大事件漩渦之中。

這在昨夜他月下漫步深山、高吟佳句的時候，是再也想不到一夜之間，他自身有如此巨大的變化的，而此刻勢成騎虎，再想抽身事外，他自知已是萬萬無法做到的事了。

於是他只是長歎，將自己所遇之事，一字不漏地說出來，在說到那白袍書生之際，聽著的人，面色都不禁為之一變，甚至那面上永遠帶著笑容的頎長道人，面色竟也為之變動一下，面上的笑容，也在剎那之間，消失於無影之中了。

管寧心中一動，但卻又接著說了下來，於是又說到那兩個突然而來，突然而去的奇詭怪人，于謹立刻接口問道：「此兩人腰間是否各帶著一個豹皮革囊？」

管寧搖了搖頭，又說到那奇異的翠裝少女，費慎便脫口道：「難道是黃山翠袖門下？」

管寧搖了搖頭，表示不知道，然後便滔滔不絕地將一切事都說了出來，卻未說到那白袍書生的喪失記憶。因為他此刻已對這白袍書生生出同情之心，是以便不願將此事說出來。

他話雖說得極快，但仍然說了頓飯時候，直說得口乾舌燥。

而那些彩衣大漢以及藍衫道人，卻聽得個個激動不已，不住地交換著驚恐、疑懼的眼色，卻沒有一個出言插口一句。

管寧語聲一頓，轉目望去，只見面前之人，各各面面相覷，半晌說不出話來。

良久，良久——

于謹方自長長歎了口氣，面向那頎長的藍袍道人，沉聲說道：「此事既然不假，確是駭人聽聞，在下此刻，心中已無主意，道兄高瞻遠見，定必有所打算，在下等只唯道兄馬首是瞻了。」

卻見這武當掌門座下的四大護法之首，藍雁道人俯首沉吟半晌，緩緩說道：「此事之複雜離奇，亦非貧道所能揣測。不瞞于大俠說，貧道此刻心中不知所措，只怕還遠在于大俠之上哩！」

他語聲一頓，又道：「兩位素來謹慎，又是羅浮一派的掌門大俠身旁最親近之人，此次四明莊主飛柬邀請你我師長到此相聚的用意，兩位想必是一定知道的了。」

管寧話一說完，便自凝神傾聽，直到此刻，對此事的來龍去脈，仍然是一無所知，只知道自己此刻不但已捲入漩渦，只怕還已變成眾矢之的，只要與此事有關的各門各派，誰也不會放過自己。一定要將自己詳細地問上兩遍，自己此刻雖已煩惱，但是大的煩惱只怕還在後面哩。

是以他便希望從這些人對話之中，探測出此事的一些究竟來，更希望從他們的口中，探測出那白袍書生的真正來歷。

然後他便可以將它告訴白袍書生，完成自己所許的諾言。

只要此事真相一白，知道了真凶是誰，他還要完成他另一個諾言——他還要替無辜慘死的囊兒復仇，是以他更希望從他們口中知道那個奇詭怪人的來歷，而此刻他已猜出一點，這兩個枯瘦如竹的惡人，便是那峨嵋豹囊，七毒雙煞。

無論如何，這件事牽涉如此之廣，又是如此複雜隱秘，是以敘述起來，便不得十分詳細，因為這樣縱然會使人生出一些累贅的感覺，卻總比讓人聽來含含糊糊、莫名其妙好些。

一片浮雲飄來，掩住已由東方升起的太陽，於是，這林蔭下的山道，就變得更加幽靜。

由林葉間漏下的細碎光彩，已自一齊消失無蹤，甚至連啾啾鳥語聲、潺潺流水聲，以及風吹木葉聲，聽來都遠不及平日的美妙了。

卻見于謹、費慎對望一眼，各自垂頭沉吟半晌。

于謹方自乾咳一聲，道：「四明莊主柬邀家師之事，在下知道得亦不甚清楚，只知道那不但有關一件隱沒已久的武林異寶的得主問題，還有關另一件很重大之事，至於此事究竟是什麼，柬中卻並未提及，在下自也無法知道了——」

藍雁道人微微頷首，道：「是以貧道亦十分奇怪，因為這兩件事其中之一，並不值得如此勞師動眾，另一件事，卻又全然沒有任何根據，家師接柬之後，便推測此中必定有所陰謀，此刻看來，家師的推測，果然是不錯的了。」

這武當四大護法的其餘三人，一直都是沉默地站在旁邊，一言不發，似乎他們心中所想說的話，就是藍雁道人已經說出來的，是以根本無須自己再說一遍。而另外一些彩衣大漢，無論身分、地位，都遠在于、費兩人之下，是以更沒有說話的餘地。

于謹微一皺眉，又道：「令在下奇怪之事，不僅如此，還有此次四明之會，怎地不見黃山翠袖、點蒼青衿，以及崑崙黃冠三人，甚至連他們門下弟子都沒有，而那與普天之下武林中人俱都不睦的魔頭卻反而來了，而且也只有他一個沒有死去。」

管寧心中一動：「難道他說的便是那白袍書生？」

卻聽那藍雁道人接道：「貧道卻認為七毒雙煞大有可疑。」

他目光又向管寧一轉，接道：「從這位施主口中，貧道推測在四明莊主的止步橋前，襲向他的暗器，定是這以暗器馳名天下的峨嵋豹囊，囊中七件奇毒無比暗器中，最霸道的『玄有烏煞，羅喉神針』。兩位不妨試想一下，接柬而來之人，他兩人並未死去，又在六角亭中一掌擊斃了這位施主的書童，最後又乘隙發出暗器，為的無非是想將親眼目睹此事之人殺之滅口而已。」

他語聲微頓，管寧只覺心頭一寒，卻聽他又接道：「此事若真是兩人所為，他們為的又是什麼呢？難道為的是那……」語聲竟又一頓，隨之冷哼一聲，接道：「難道這兩人竟未想到，如此一來，普天之下，還有他們立足之處嗎？」

費慎長歎一聲，道：「只是以他兩人的身手，又怎能使得四明紅袍、公孫右足，以及武當三鶴這幾位武林奇人的性命喪在他們手上呢？」

藍雁道人雙眉一皺，伸出右手，用食、中二指，輕輕敲著前額，喃喃低語道：「難道真的是他？」

手指突地一頓，倏然抬起頭來，目注管寧半晌，緩緩說道：「施主上體天心，不惜費心費力，將死者屍身埋葬，此事不但貧道已是五內銘感，武林定將同聲稱頌，便是上界金仙、玉宮王母，也會因施主這無量功德為施主增福增壽的。」

管寧怔了一怔，不知道這道人此刻突然說出這種話來，究竟是何用意。

卻聽他語聲微頓，便又接道：「只是施主埋葬死者屍身之際，不知有否將死者囊中遺物看過一遍？」

管寧朗聲道：「不錯，在下確實有將死者的囊中遺物，全部取了出來，放在一處。但在下卻無吞沒之意，只是想將這些遺物，交與死者家屬親人而已，在下此心，可以表諸天日，各位如……」

話猶未了，藍雁道人已自連連擺手，他便將語聲倏然中止。

目光瞬處，卻見這藍雁道人此刻目光之中，忽地閃出一種奇異的光彩，緩緩又道：「施主不必誤會，貧道此問，並無他意，施主誠實君子，貧道焉有信不過之理？只是……」

他奇異地微笑一下，方才接道：「不知施主可否將這些遺物，是些什麼東西，告知貧道，唉——此語雖不近情，但此事既是如此，想施主定必能夠答應的吧！」

管寧凝思半晌，慨然道：「此事若是關係重大，在下自無不說之理……」他方自說到這裡，那于謹、費慎便又匆匆對瞥一眼，竟也閃過一絲奇異的光彩。但管寧卻未見到，兀自接口說道：「此中其實並無特殊之物，只有太行兩位金剛囊中的一串明珠，少林兩位禪師囊中的兩份度牒，武當三位道長所攜的數卷經文，以及那位烏衫老者貼身所藏的一封書信，還算是較為特殊的東西，其餘便沒有什麼東西了。」

于謹、費慎，以及藍雁道人等，面上都為之露出失望的神色。

管寧又自沉思半晌，突又說道：「還有就是那位公孫先生囊中的一串制錢，似乎亦非近年所鑄之物，但——」

哪知他語猶未了，于謹、費慎、藍雁道人等卻俱神色一變，幾乎同時跨前一步，脫口問道：「這串制錢在哪裡？」彼此望了一眼，又各自退回身去，但面上激動的神色，卻仍有增無減，又幾乎是同聲問道：「這串制錢是否黃繩所串，形狀也略微比普通制錢大些？」

管寧微微一怔，他雖覺那串制錢較為古樸，但卻再也無法想到，這串錢會令這些武林豪士如此激動。

更令他奇怪的是，普通制錢大多串以黑繩，而這制錢竟串以黃繩，這特殊之事，藍雁道人並未見到，卻又怎地像是見到一樣？

他不禁在心中暗自尋思：「難道這串制錢之中，隱藏著一些秘密，而這秘密卻又與昨夜之事有關？」可是他卻無論如何，也無法將一串制錢和一件牽涉極廣的武林恩怨聯想一處，只有緩緩點了點頭，滿心疑惑地答道：「不錯，這串制錢正是串以黃繩，但只有十餘枚而已。」

目光轉處，卻見面前所站之人，個個俱都喜動顏色，生像是這串制錢比那明珠珍寶還要珍貴得多。

藍雁道人的手指，緩緩落下，落在腰間的劍柄上，目光瞬也不瞬地望著管寧，沉聲說道：「這串制錢干係甚大，放在施主身上定必不甚方便，還是請施主將之交給貧道。」

于謹、費慎同時大聲喝道：「且慢。」

藍雁道人冷哼一聲，目光斜睨道：「怎的？」本已握在劍柄上的手掌，似乎握得更緊了些。

另三個藍衫道人雖仍一言不發，但神色之間，也已露出緊張之色來。

于謹乾笑一聲，道：「道兄玄門中人，這串制錢，依在下之見還是交給在下的好。」

藍雁道人目光一凜，突又仰天狂笑起來，一面大笑道：「人道于謹、費慎，一生之中，最是謹慎，但我此刻看來，卻也未必。」

于謹、費慎俱都面色一變，伸手隱在背後，向後面的彩衣大漢們，悄悄做了個手勢，這些彩衣大漢便亦一齊手握劍柄，目光露出戒備之色，生像是立刻便要有一番劇鬥似的。

卻見藍雁道人笑聲倏然一頓，面上便立刻再無半分笑意，冷冷又道：「此時此刻此地，無論在情在理在勢，閣下要想得這串『如意青錢』，只怕還要差著一些。我看，閣下還是站遠些吧！」

這本來說起話來，和緩沉重，面上亦是滿面道氣的道人，此刻笑聲如梟，一笑之下，不但滿面道氣蕩然無存，說話的聲調語氣，竟亦變得鋒利刺人。管寧冷眼旁觀，只覺他哪裡還像是個出家的道人？簡直像是占山為王的強盜。

他心中正自大為奇怪，卻聽于謹已自冷哼一聲，厲聲道：「只怕也還未必吧！」手腕一翻，始終隱在肘後的長劍，便隨之翻了出來。

幾乎就在這同一剎那之中，管寧只聽得又是「嗆啷」數聲，龍吟之聲不斷，滿眼青光暴長，四個藍衫道人，竟亦一齊撤出劍來。

六柄長劍，將管寧圍在中央，管寧劍眉一軒，朗聲說道：「各位又何必為這串制錢爭執？這串制錢，本非各位之物，在下也不擬交給各位。」這正直磊落的昂藏少年，此刻對這于謹、費慎，以及這些藍衫道人的貪婪之態，大生厭惡之心，是以便說出這種話來，卻全然沒有考慮到自己雖具武功，又怎是這些人的敵手？人家若是恃強硬搶，自己便連抵抗之力都沒有。

他說話的聲音雖極清朗，哪知人家卻生像是根本沒有聽到他的話一樣，又像是他所說的話，根本無足輕重，是以雖然聽在耳裡，卻未放在心上。

只聽藍雁道人又自冷冷一笑，目光閃電般在于謹、費慎，以及他們身後的五個彩衣大漢身上一掃，一字一字地冷冷說道：「我由一至五，數上一遍，你們若不應聲退後十步的話，哼哼！」

第三章　如意青錢

藍雁道人「哼」聲一頓，便自冷然數道：「一——二——」

目光轉注到自己劍尖上，再也不看別人一眼。哪知他「二」字尚未數完，于謹突地大喝一聲，手腕一引，劍尖上挑，嗖地，又電也似的斜劃下來，帶起一溜青藍的劍光，斜斜劃向他持劍的手腕，劍勢如虹，奇快無比。

就在這同一刹那裡，費慎腰身一弓，一起，筆直地撲向管寧，他身後的五條彩衣大漢，同時拔劍，同時縱身，同時出劍。五道青藍的劍光，如天際流星分別飛向另三個藍衫道人。

這七個來自羅浮的劍手，不但身手快得驚人，而且時間配合得更是佳妙，顯見得「羅浮彩衣」能夠名揚天下，並非倖致。

哪知他們身手雖快，這武當掌門座下的四大護法，身手卻還比他們更快一步。

就在于謹劍尖尚未落到一半，費慎身形方自縱起，另五道青藍的劍尖正自交剪而來的時候，藍雁道人口中突地清嘯一聲，錯步、甩肩、擰腰、揚劍——另外三個藍衫道人亦自齊地錯步、甩肩、擰腰、揚劍——四道劍光，同時劃起，有如一道光牆，突地湧起。

管寧眨眼之間，只覺漫天劍光暴長，劍氣森寒，接著便是一串「嗆啷」擊劍之聲，倏然而鳴，卻又立刻戛然而止。

而武當道人的四柄長劍，已在這眨眼之間，將「羅浮彩衣」的七口利劍封了回去。

管寧為之連退兩步，定睛望去，只見武當道人的四條人影，背向自己，一排擋在自己身前，肩不動，腰不屈，只是細碎地移動著腳步，右腕不停地上下揮動，而一道道森冷的劍光，便隨著他們手腕的縱橫起落交相衝擊，有如一片光網。

望著這縱橫開闔的森森劍氣，管寧只覺目眩神迷，目光再也捨不得往別處望一下。

這一日之間，他雖已知自己的武功，渺不足道，亦知道江湖之中盡多高手，但他此刻卻是第一次見到劍法的奧妙。

須知他本是天性極為好武之人，否則以他的身世環境，也不會跑去學劍，此刻陡然見著如此奧妙的劍法，心中的驚喜，便生像是稚齡幼童驟然得到渴望已久的心愛食物一樣。

武當四雁並肩而立，劍勢配合得佳妙，實已到了滴水難入之境。于謹、費慎只覺擋在自己身前的四道劍光，有如一道無隙可入的光牆，無論自己劍式指向何處，卻總是不得其門而入。

劍光交擊，劍勢如虹，龍吟之聲，不斷於耳，剎那之間，已自拆了十招。

藍雁道人突地又自清嘯一聲，劍尖一引，左足前踏，「雲龍乍現」，唰地一劍——另三個藍衫道人竟同時翻腕，青藍的劍光亦同時穿出。這十年以來，從未一人落單，聯手對敵，已配合得妙到毫巔的武當四雁，竟借著這一招之勢，變守為攻，以攻為守，源源如泉，抽撤連環，連環不絕，正是武當劍派名震天下的「九宮連環」。

于謹、費慎，以及羅浮門下的五個八代弟子，陡然之間，竟被攻得連退三步，心頭不禁為之大駭，再也想不到，自己所仗以縱橫武林的「羅浮玄奇七一式」七十一路辛辣而狠準的劍光，在這武當四雁面前施展起來，竟是如此不濟。

他們卻不知道，若單只以一敵一，那麼縱然那五個八代弟子不是武當四雁的敵手，但在羅浮劍派中地位、武功僅次於「彩衣雙劍」的于謹、費慎，卻並不見得在這武當四雁之下。

但此刻彼此俱是聯手對敵，情況便不大相同。原來武當劍派中，除了掌門真人外，其餘雙蝶、三鶴、四雁，俱有各別不同的驚人武藝，而這武當四雁，便是以聯劍攻敵，名重江湖。

瞬息之間，十餘招便已拆過，于謹、費慎突地同時暴喝一聲：「黃蜂撤！」

暴喝聲中，齊地後退兩步，突地身形一旋，面目竟然旋向後面，背向武當四雁而立，反腕擊出三劍。

這三劍身形、招式，無一不犯武家大忌，天下各門各派的武功，從未有過將整個背脊都賣給敵手，也從未有自背後發出劍式的。

武當四雁心頭一喜，還以為這兩人輸得急了，急得瘋了。哪知這三劍刺來，卻是劍劍辛辣，劍劍怪異，自己眼前看著他背後露出的空門，卻不得不先避過這三劍，以求自保。

穩操勝算的武當四雁，此刻竟被這犯盡武家大忌、全然不依常規的三劍，擊得手忙腳亂。蹬、蹬、蹬，齊地後退三步，還未喘過氣來，哪知于謹、費慎竟又齊地暴喝一聲：「黃蜂撤！」

手腕一甩，掌中長劍竟然脫手飛出，有如雷轟電擊一般，挾著無比強銳的風聲，擊向武當四雁，自己的身形，卻借著手腕這一甩之勢，颼地一個箭步向前方遠遠躥了出去。

青竹蛇口、黃蜂尾針，本來同是世上極毒之物，但青蛇噬人，其毒不盡，黃蜂針人，其針卻斷，針斷身亡，毒只一次，是以這黃蜂尾針，實在比青竹蛇口還要毒上三分。

名揚天下的羅浮劍派，鎮山劍法「玄奇七一式」，雖然招招辛辣，招招狠毒，但其中最最辛辣、最最狠毒的一招，卻就是于謹、費慎方才施出的一招「黃蜂撤」！只是此招雖然狠辣，卻也正如黃蜂之針，只能螫人一次。

此招一出，其劍便失，雖非劍去身亡，但這一招如若不能致人死命，自己卻已凶多吉少，是以此招使過，便立刻得準備逃走，而縱是武功絕高的頂尖高手，在這一招之下，卻也不得不先求自保，若想在這一招之下還能反擊傷人，那卻是再也辦不到的。

于謹、費慎交手之下，知道自己萬萬不是武當四雁的敵手，如若久戰下去，自己定必要受到這武當四雁的折辱。

而「羅浮彩衣」的聲名，近年來正如日之方中，是萬萬不能受到折辱的，是以他們情急之下，便施展這招救命絕招「黃蜂撤」來。

武當四雁本已大驚，忽地見到劍光竟自脫手飛來，更是大驚失色，此刻兩下身形距離本近，劍光來勢卻急如奔雷閃電。

四雁中的藍雁、白雁，首當其衝，大驚之下，揮劍擰身，卻已眼看來不及了。

哪知——

路旁林蔭之中，突地響起一聲清澈的佛號，一陣尖銳強勁無比的風聲也隨之穿林而出。

接著便是「噹噹」兩聲巨響，這兩口脫手飛來的精鋼長劍，竟被挾在風聲之中，同時穿林而出的兩片黑影，擊在地上。

於是，又是一聲清澈的佛號響起。

一條淡灰的人影，隨著這有如深山鐘鳴的「阿彌陀佛」四字，有如驚鴻般自林蔭中掠出，漫無聲息地落到地上。

這一切事的發生，在筆下寫來，雖有先後之分，然而在當時看來，卻幾乎是同一瞬息中發生，也在同一瞬息中結束。

「武當四雁」微一定神，定睛望去，只見林蔭匝地的山路之上，兩條彩衣人影，一晃而隱，接著五條人影，亦自一閃而沒。這「羅浮彩衣」門下的七個弟子，竟在霎目之間，便都消失在濃林深山裡，而此刻站在武當四雁身前的，卻是一個身長如竹，瘦骨嶙峋，穿著一身深灰袈裟的老年僧人。

而站在四雁身後的管寧，卻幾乎連這一切事發生的經過都未看清。他只聽得一連串的暴喝，數聲驚呼，一聲佛號，兩聲巨響，眼前人影亂而復靜，武當四雁手持長劍，劍尖垂地，愣愣地站在地上，一個長眉深目、鷹鼻高顴的古稀僧人，微微含笑地站在武當四雁身前。

而地上，卻橫著兩柄精光奪目的長劍，和一大一小兩串紫檀佛珠。

武當四雁目光轉處，瞬息間，面上神采便已恢復平靜，四雙眼睛齊地凝注在那古稀僧人身上，又忽然極為迫速地彼此交換了一個詢問眼色，藍雁道人便單掌一打問訊，朗聲道：「大師佛珠度厄，貧道等得免於難，大恩不敢言謝，只有來生結草以報了。」

說著，四雁便一齊躬身彎腰，行下禮去。

那長眉僧人微微一笑，俯身拾起地上的兩串佛珠，一面口宣佛號，說道：「佛道同源，你我都是世外之人，若以世俗之禮相對，豈非太已著相？何況老衲能以稍盡綿薄，本是份內之事！」

這枯瘦的古稀僧人說起話來，有如深山流泉、古剎鳴鐘，入耳鏗然，顯見得內家功力雖未登峰造極，卻已入室登堂了。

藍雁道人微笑一下，仍自躬身說道：「大師妙理禪機，貧道敢不從命。」語聲微頓，接著又說道：「貧道愚昧，斗膽請問一句，大師具此降魔無邊法力，是否就是嵩山少室峰少林寺羅漢堂的首座上人，上木下珠，木珠大師嗎？」

長眉僧人含笑說道：「人道武當弟子，俱是天縱奇才，此刻一見，果自名下無虛，一見之下，便能認出老衲是誰，難怪武當一派，能在武林中日益昌大了。」

管寧呆呆地望著這木珠大師，心中驚駭不已，他如非眼見，幾乎無法相信，這枯瘦如柴的古稀僧人，竟能以一串佛珠之力，擊飛兩柄力挾千鈞而來的精光長劍，豈非駭人聽聞之事。

他卻不知道這木珠大師不但是少林寺中的有數幾位的長老之一，在武林之中，亦是名重一時的前輩高手。

江湖人道：

「武當七禽，紫蝶如鷹，少林三珠，木珠如鋼。」

最後一句，說的便是這木珠大師。

原來當今江湖之中，表面雖是平靜無波，其實暗中卻是高手如雲，爭鬥甚劇。

而江湖高手之中，最最為人稱道的十數人，卻又被江湖中人稱為：

「終南烏衫，黃山翠袖，四明紅袍，羅浮彩衣，太行紫靴，峨嵋豹囊，點蒼青衿，崑崙黃冠，武當藍襟，少林袈裟，君山雙殘，天地一白。」

這長達四十八字的似歌非歌，似謠非謠的歌詞，正是代表了十五個當今江湖中最負盛名的高手。

而這十五高手，雖是齊名而列，其實身分卻又相差甚為懸殊。

木珠大師，職掌少林羅漢堂，正是武林中無論道德武功，俱都隱隱領袖群俠的「少林袈裟」的最小師弟，他名雖未列十五高手之中，實卻有以過之。只是管寧又何嘗聽過這些武林名人的掌故，是以此刻心中才會有驚異的感覺。

卻見這藍雁道人微微一笑，道：「大師名傾武林，垂四十年，江湖中人就算未曾見過大師之面的，見了大師掌中這兩串佛珠，卻也該聞風而辟易了。」

他深知這木珠大師近年雖已極少在江湖走動，但早年卻是武林之中人人見而生畏的「魔僧」，若非他幼年受戒，極得少林派上一代的掌門大師的寵愛，而且湊巧化去掌門師尊的一劫，只怕早就要被少林逐出門牆之外了。

是以藍雁道人此刻說起話來，便十分拘謹客氣，唯恐這出名難惹的「魔僧」，會對自己不利。

哪知木珠上人竟自突地一笑道：「佛珠雖具降魔之力，卻總不如青錢如意，老衲此次重入江湖，道友可知道是為的什麼嗎？」

武當四雁心中俱都為之一驚，管寧雙眉一皺，暗自忖道：「原來這僧人此來，為的亦是我囊中這串青錢。」

卻聽藍雁道人強笑一聲，道：「大師閑雲野鶴，世外高人，到這四明山來，想必不是為著人間的俗事吧！」

他口中雖然仍極平淡地說著話，作一副不知道木珠上人言中含意的樣子，其實心中此刻卻已不禁為之忐忑不已。

木珠上人又自一笑道：「道友此言，卻是大大的錯了。想那天下名山勝水極多，老衲若是為了遊山玩水，又何苦跋涉長途，由少林跑到這裡來？」

藍雁道人面色倏然一變，但卻仍然故作不懂之態，含笑問道：「那麼，大師此來又是為著什麼呢？」

木珠上人突地笑容一斂，目光之中，寒光大露，冷冷說道：「道友是聰明人，又何用老衲多說？想那『如意青錢』這種奇珍異寶，又豈是普通人能以妄求的，道友就算此刻得到手中，卻也未見得能保有多久，依老衲之見，還是放在老衲這裡較為妥當些，何況——」

冷笑一聲，接口道：「那些『羅浮彩衣』的門人弟子們，此次雖已遁去，但他們對兩位道友，必定暗生妒恨之心，又怎會讓道友安安穩穩地將這『如意青錢』保留？道友若得到此物，只怕非但不是福，反足以招禍呢！」

管寧冷眼旁觀，此刻不禁又為之暗歎一聲，暗中思忖道：「我只當這木珠是有道高僧，哪知此刻說起話來，卻又全然沒有一些出家人的樣子。」

目光轉處，只見武當四雁面目之上俱都鐵青一片，各自沉吟半晌，藍雁道人便又強笑一聲，說：「大師無論輩分名望，都比貧道們高出許多，是以大師若真是為著此物而來，貧道們莫說已受大師方才援手之恩，縱無方才之事，卻也不敢斗膽，來和大師爭奪此物——」

他語聲一頓，回轉頭去，向自己三個師弟朗聲說道：「大師既已如此吩咐，我等多留已是無益，還是走吧！」

管寧心中不覺大奇，他再也想不到方才氣勢洶洶的武當四雁，此刻卻如此容易地便要偃旗息鼓，鳴金而退了。目光轉處，只見木珠上人面上，仍然冷冷地沒有什麼表情，生像是武當四雁的這種做法，本是理所當然之事，絲毫用不著驚訝或者得意。

須知以他的身分地位，早已料到武當四雁不會與之相抗，而管寧卻並不知道這些。

他方才見了武當四雁武功，那般精妙，此刻又是以四對一，無論如何，也不該畏懼於枯瘦老朽的古稀和尚。

卻見武當四雁各自半旋身軀，齊地向這木珠上人躬身行了一禮，木珠上人微微一笑，目光卻已凝注到管寧身上，生像是全然沒有將成名江湖的武當四雁放在眼裡。

武當四雁目光一旋，並肩向前走了一步，管寧暗歎，思忖道：「人類之事，真是令人難以預測，唉，這武當四雁——」

哪知——他心念尚未轉完，武當四雁突地齊一擰身，手腕揮處，長劍斜斜由前胸向身後劃了個半弧，口中微哼一聲，劍身「嗡嗡」作響，四口長劍，竟自有如交剪天虹，剁向木珠身上。

這一突來的變故，使得管寧不禁為之失聲驚呼一聲，目光動處，卻見這木珠上人身形竟仍動也不動，只見到武當四雁這四道拚盡全力、已然聚滿真氣的劍尖，已自堪堪剁在他的身上，他那兩道灰白的長眉，方自輕輕一皺，左袖微揮，枯瘦的身形，輕靈而曼妙地轉動一下，右掌的一串紫檀佛珠，便有如神龍般，夭矯而起，手腕又自微微一抖，武當四雁只覺眼前的紫影，光芒流轉，似乎是擋向自己的長劍，又似乎是劃向自己的胸膛。這短短的一串念珠，此刻竟彷彿是丈八長鞭，使得武當四雁都以為它是劃向自己身上。

武當四雁大驚之下，沉腕，退步，撤劍，劍光一沉，又復挑起，藍、白雙雁，身軀平旋，「驚龍擺尾」，「抽撤連環」，唰唰又是兩劍，武當四雁之中，本以藍、白雙雁武功較高，此刻全力兩劍，劍勢如虹，劍法果自不凡。

哪知木珠大師灰白的僧袍，輕輕飄處，瘦削的身形，斜斜一轉，便輕易地將這四道來勢驚人的劍光又躲了開去。

管寧武功雖不高，但終究是曾經練過武功的人，此刻一眼之下，便知道這瘦弱的古稀僧人，身上果有非凡的功力，心中不禁暗自感慨地長歎一聲，暗中思忖道：「師父常對我說，『人外有人，天外有天，武功一道，更是如此。』這話我本不深信，哪知的確如此，先前我見了這四個道人的劍法，以為他們已是武林中的一流身手，哪知他們此刻遇著這看來老弱無比的枯瘦僧人，劍法竟一點也施展不開了。」

他感歎聲中，那木珠大師袍袖輕揮，又已從容化開數招，突地大喝一聲：「孽障還不走，就來不及了。」

手掌一揮，掌中紫檀念珠，又自矯如游龍般飛揚而起。

管寧只覺眼前灰影一閃，這木珠大師的身形，竟有如一道輕煙般，將武當四雁圍了起來。武當四雁何嘗不知道就憑自己四人的武功，要想勝得這「少林三珠」中最最難惹的木珠大師，實無把握，但武當四雁亦是以真人實學成名於江湖之中的人物，他們自恃武功，認為自己縱然難勝，卻也未必就會落敗。

何況他們方才本是在木珠猝不及防的情況下，猛下殺手，是以心中更加了幾分把握。哪知此刻交手之下，情勢竟大大出乎他們意料之外，這少林羅漢堂首座大師武功之高，竟不是這武當掌門的第二代弟子中最最出類拔萃的「雙蝶、三鶴、四雁」中的「武當四雁」的四劍聯手所能抵擋得住的。

此刻木珠大師身形一經施展，端的翩若驚鴻，矯如游龍。剎那之間，武當四雁只覺四側都是他寬大袈裟的影子，自己掌中的四柄長劍，竟被他短短的一串念珠圈住了。

藍雁道人心中更驚，長嘯一聲，四人方向一轉，背向而立，劍光霍霍，不求攻敵，但求自保，腳下卻漸漸向外移動，只望自己能衝出這木珠大師的身法之外。

武當劍法久已享譽天下，「九宮連環劍」劍劍連環，攻敵固是犀利，自保更是穩當，四人這一聯劍，劍光更是密不透風，看來縱是飛蠅，也難在這劍光中找出一點空隙鑽入。

哪知木珠大師突地又是一聲清叱，手中紫檀佛珠，隨著腳下微一錯步之勢斜斜揮出，只聽「嚐」的一聲清吟，白雁道人手中長劍猛然一震，雖未脫手飛去，但劍法已露出一片空隙。

他心頭一凜，已知不妙，方待旋腰錯步，哪知他方自動念之間，肘間便已微微一麻，又是「嚐」的一聲，長劍竟已落在地上。

這木珠大師竟以「沙門十八打」的絕頂打穴之法，打中他肘間的「曲池」大穴。站在白雁身側的藍雁、孤雁，齊地暴喝一聲，劍光旋回，交剪而來，剁向一招得手的木珠大師。

只是這兩劍雖快，卻連木珠寬大袈裟的袍角都沒有碰到一點，他僅僅微一錯步，身形便已倏然溜開三尺。

管寧不禁暗中喝了聲彩，方才這武當四雁與那羅浮彩衣門下弟子動手之際，他已看得目眩神迷，此刻眼睛更看得直了，他與這對手的雙方都絲毫沒有淵源，是以他們誰勝誰敗，也都不放在他心上。這木珠大師一招擊落白雁道人手中的長劍，他只覺這少林僧人武功之高，高得驚人，卻沒有為武當道人們憐惜之意，是以他局外觀戰，更得以全神凝注。

哪知——

山路側樹梢上突地傳來一陣狂笑聲，一個清朗的口音狂笑著道：

「可歎呀可歎！可笑呀可笑！」

語聲清朗，字字如鐘，入耳鏘然。木珠大師面容一變，厲叱一聲：

「是誰？」寬大的袍袖一揚，頎長的身形有如灰鶴般沖天而起。

武當四雁竟自一齊停步沉劍，滔天的劍氣，倏然為之一消。管寧微驚之下，抬眼望去，只見就在這木珠大師身形沖天而起的這一剎那裡，山路旁，樹梢下，亦自掠下一條人影。

兩條人影交錯而過，木珠大師清叱一聲，猛一旋腰，曼妙的身形竟自凌空一個轉折，掌中佛珠，借勢向樹梢人影連肩連背，斜斜擊下。

這一招的使用，的確妙到毫巔，不但管寧大為驚讚，武當四雁亦不禁暗中喝彩。

哪知樹梢掠下的人影，身上竟似長了翅膀似的，突地一弓一屈，竟又上拔五尺，方才飄然落下，施展的身法，竟彷彿是武林中罕聞的輕功絕技「上天梯」，「梯雲跳」一類功夫。

武當四雁齊聲驚呼一聲，目光同時瞟向落下的這條人影，卻又不禁齊地脫口驚呼道：「君山雙殘！」

木珠大師一招落空，心中自不禁為之一驚。數十年來，這少林僧人不知與人交手凡幾，此刻一瞥之下，便知此人武功高不可測，甚至還在自己之上，因之立刻飄落地面，耳畔聽得武當四雁的這一聲驚呼，面容又倏然一變。

管寧目光注處，只見由樹梢掠下的這條人影，褸衣蓬髮，手支鐵拐，竟然是自己方才所見那奇詭的跛足丐者。

山風凜凜，天光陰森，只見這跛足丐者面寒如水，雙目赤紅，面上神情，極為嚇人，但口中卻竟仍狂笑著道：「可歎呀可歎，可笑呀可笑。」

這陰寒的面孔，襯著這狂笑之聲，管寧看在眼裡，聽在耳裡，不覺激靈靈打了個寒噤，只覺這本已陰沉沉的天色，彷彿變得更加陰沉了。

這鶉衣、亂髮、滿面悲愴憤恚之色，但卻仰首狂笑不絕的跛足丐者，倏一現身，不但管寧驚愕不已，武當四雁惶然失色，便是那在武當四雁四道有如驚虹掣電的劍光中，猶能鎮靜如常的少林羅漢堂首座大師木珠上人冷削森嚴的面目之上，也不禁為之變了一下顏色。

藍雁道人目光一轉，和他的師弟們，暗中交換了個眼色，四人心中不約而同地暗呼一聲：「君山雙殘！」

木珠大師袍袖微拂，掌中佛珠，輕輕一揚，落到腕上。

管寧輕咳一聲，目光緩緩從這狂笑著的跛足丐者面上移開，緩緩在武當四雁和這木珠上人的面上移動一遍，見著他們面上的驚駭之色，便也知道這跛足丐者，必定是他們心中畏懼之人，不禁又懷疑地一瞟這跛足丐者，心中難以明瞭這鶉衣亂髮的跛丐，究竟有什麼地方竟自使得這些名重天下的武當、少林兩派的高手，生出這種驚惶之態來。

卻見木珠大師眼瞼一垂，口中高宣一聲佛號，朗聲說道：「老衲還當是誰，原來是掌天下汙衣弟子的公孫左足施主到了，失敬得很，失敬得很。」

他一字一字地一連說了兩句「失敬得很」，語聲清朗高昂，尾聲卻拖得很長，在這震耳的狂笑聲中，更顯得聲如金石，字字鏗然。

管寧心中一凜：「難道此人便是丐幫幫主？」他雖不識武林中事，卻也知道百十年來，「君山丐幫」在江湖中的聲名顯赫，可說是婦孺皆知，又何獨武林中人。

目光轉處，卻見這「君山雙殘」丐幫幫主公孫左足笑聲猶自未絕，滿頭的亂髮，隨著起伏的胸膛不住飛舞，但腳下的單足鐵拐，卻是穩如磐石，心中不禁又一動。

「君山雙殘……公孫左足……」他把心中斷續的概念極快地整理一遍，便接著尋思道，「難道我親手埋葬的另一跛丐，是『君山雙殘』中的另一殘？難道他便叫作公孫右足？難道我竟親手埋葬了一位丐幫幫主？」

他本是心思極為靈敏之人，否則又怎能在冠蓋如雲的京華大都享有「才子」之譽。此刻心念轉處，不禁又是感歎，又是驚異。因為他此刻已自更清楚地瞭解到自己半日前所埋葬的死者，身分都絕非尋常，那麼，能使這些身分地位都極不尋常的武林高人都一齊死去的人，其身分豈非更加不可思議了嗎？

木珠大師雙掌合十，默然良久。卻見這公孫左足，狂笑之聲，雖已漸弱，卻仍未絕，口中亦猶自不住喃喃地說道：「可歎呀可歎，可笑呀可笑。」竟生像是沒有聽到自己的話一樣。

面對著名傾天下的「丐幫幫主」，他雖然暗存三分敬畏之心，但「少室三珠」在武林中又何嘗不是顯赫無比的角色。

此刻木珠大師目光抬處，面色不禁又為之一變，沉聲道：「十年不見，公孫施主風采如昔，故人無恙，真是可喜可賀。卻不知公孫施主可歎的是什麼？可笑的是什麼？倒教老衲有些奇怪了。」

語聲方住，笑聲亦突地戛然而止。

於是，天地間便只剩下滿林風聲，簌簌不絕。

只見這公孫左足緩緩回轉頭，火赤的雙目，微合又開，有如厲電般在武當四雁面上一掃而過，便凜然停留在木珠大師身上，凝注良久，突又狂笑道：「老和尚坐關十年，怎地還是滿臉江湖氣，做起事來，也像個初出茅廬的小夥子似的，這才教人奇怪得很，奇怪得很——」

他也將尾音拖得長長的，語聲神態，竟和這木珠上人一模一樣。

管寧不禁暗中失笑，暗暗忖道：「人道江湖異人，多喜遊戲風塵，這公孫左足此時此刻，竟然還有心情說笑，其人平時的倜儻不羈，脫略形跡也就可想而知了。」

卻見木珠大師面色更加難看，而這公孫左足卻渾如不覺地接著又說道：「武當劍派，名門正宗，自律一向極嚴，今日竟會不惜與少林高僧動起手來，這個……哈哈，也教我奇怪得很。」

他語聲微頓，雙目一張，突地厲聲喝道：「只是你們可知道，你們動手爭奪的東西，是屬於什麼人的嗎？」

木珠大師冷哼一聲，接口道：「天下之物，本都無主，你自別人手中得來，人自你手取去，有何不可！」

公孫左足目光一垂，竟又大笑起來，一面笑著說：「好好，老和尚竟然和窮花子打起禪機來了。身外之物，本就生不帶來，死不帶去，我老叫花又怎能說是我的……」

這丐幫主人倏而狂笑，倏而厲色，此刻竟又說出這樣的話來，管寧不禁為之一愕，卻見他突又轉過身來，望向自己，道：「把公孫老二的一副臭皮囊葬在四明山莊裡的，想必就是你這娃娃了？」

此語一出，武當四雁、木珠上人，亦不禁齊地一驚。

「公孫右足竟然死了！」

管寧暗歎一聲，黯然點了點頭，見這公孫左足雖仍笑容滿面，但卻仍掩不住他目光中的悲憤之色。

他深深地瞭解人們強自掩飾著自己的情感，是件多麼困難而痛苦的事，因之他不禁對這狂放的跛丐大起同情之心，長歎一聲，接口道：「小可適逢其時，因之稍盡綿薄之力，公孫二先生的遺物，小可亦斗膽取出，還請老前輩恕罪！」

公孫左足目光凝注在他身上，突地連連頷首道：「好，好。」手掌一伸：「那你就把他囊中的那串銅錢交給我吧！」

管寧常聽人說，這類風塵異人，必多異徵，此刻只望他伸出的手掌，瑩白如玉，哪知目光動處，卻見這名滿天下的異人所伸出的一雙手掌，黝黑枯瘦，和別的丐者毫無二致，心中不知怎地，竟似淡淡掠過一絲失望的感覺，但隨即又不禁暗笑自己的幼稚，一面從懷中小心地取出那錦囊來。

剎那之間，武當四雁、木珠大師面上的神色，突又齊地一變，十隻眼睛，不約而同地瞪在這錦囊上。只見管寧的手緩緩伸入錦囊，又緩緩自錦囊中取出，手中已多了一串青錢，武當四雁不約而同地脫口驚呼道：

「如意青錢！」

管寧微喟一聲，仔細望了望自己從囊中取出的這串青銅制錢，但看來看去，卻也看不出這串青銅制錢有什麼特異之處。

他心中不禁驚疑交集，緩緩伸出手，將這串青錢交到公孫左足手上，一面說道：「不知是否就是這串制錢，請老前輩過目一下。」

語聲未了，只見那木珠大師一雙眼睛，瞬也不瞬地望在這串制錢上，就生像是一隻貪饞的餓貓，見著魚腥一樣，一步一步地向公孫左足走了過來，哪裡還有半分得道高僧的樣子？

而此刻公孫左足的一雙眼睛，亦自望在這串制錢上，一時之間，他看來又似悲愴，又似鄙夷，又似憤怒，心中不知究竟在想些什麼？緩緩接著這串青錢，失神地呆立了良久，就連那木珠大師的一步一步逼近他的腳步，他都生像根本沒有看到。

武當四雁握在劍柄上的手掌，也不自覺地握得更緊了。

這四個看來丰神沖夷的道人，此刻目光之中，像是要噴出火來，望著這串青錢，移動著腳步，他們雖然明知自己的武功，不是這公孫幫主的敵手，但面對著這串武林中人人垂涎的「如意青錢」，他們的心中雖有畏懼之心，卻已遠遠不及貪心之盛了。

管寧遊目四顧，只見木珠大師已自走到公孫左足身前，武當四雁掌中微微顫動著的劍尖，距離也越來越近。

他知道轉瞬之間，便又將發生一場驚心動魄的激鬥，心胸之間，不覺也隨之緊張起來。

哪知——公孫左足一旋身軀，突又縱聲狂笑起來，笑聲之中，滿含嘰嘲之意。

木珠大師、武當四雁、管寧俱都為之一愕，齊地停住腳步，只聽公孫左足的笑聲越來越大，突地一伸手掌，竟將掌中的一串「如意青錢」，筆直地送到木珠大師面前，一面狂笑道：「這就是你們拚命爭奪之物嗎？好好，拿去，拿去。」手腕一翻，竟將這串「如意青錢」脫手擲出，忽地劈面向木珠打去。

這一突來的變故，使得木珠、四雁、管寧，驚異得幾乎再也說不出話來。木珠大師眼望著這串青錢，筆直地擊向自己面門，竟亦不避不閃，渾如未覺，直到這串青錢已堪堪擊在他臉上，他方自手腕一抄，將之抄在手裡，但面上茫然之色，卻未因之稍減。

在場之人，誰也萬萬不會想到，這公孫左足會將這串如意青錢當作廢物般拋出，此刻都愕然地望著他，幾乎以為他發了瘋。

管寧眼睜睜地望著這一切，心中更是大惑不解。他親眼看到那些「羅浮彩衣」的門下弟子，為著這串青錢，幾乎喪生在武當四雁的劍下，又親眼看到武當四雁為著這串青錢，被木珠大師打得透不過氣來，但此刻公孫左足卻叫別人拿去，他暗歎自己這一日之間所遇之事、所遇之人，俱非自己所能理解、猜測得到的，而此刻之後，又不知道有多少奇詭難測之事將要發生，這一切事本都與自己毫無關係，而此刻自己想脫身事外卻也不行了。

他心中方自暗中感歎，卻聽公孫左足又已狂笑著道：「可歎呀可歎，武當四雁、少林一珠，闖蕩江湖數十年，竟沒有聽過『如意青錢，九偽一真』這句話。」

他語聲一頓，狂笑數聲，接口又說：「可笑呀可笑，武當四雁、少林一珠，竟會當著這一串一文不值的破銅爛鐵，爭得面紅耳赤，打得你死我活——哈哈，這串青錢若是真的，又怎會等到公孫老二死了之後，還留在他身上？又怎會讓這任事不懂的娃娃得到手中？我老叫花久聞少林木珠不但武功超群，而且機智最沉，想不到卻也是個糊塗蟲。」

他邊說邊笑，邊笑邊說，言辭固是辛辣無比，笑聲之中更是滿含譏嘲之意。

只見得木珠大師面色陣青，陣白，陣紅。他話一說完，木珠大師突地右手手腕一翻，伸出右手食、中兩指，將右手的青錢摘下一枚，兩指如剪，輕輕一夾，管寧只聽「唰」的一聲輕響，這枚制錢便已中分為二，制錢之中，竟飄飄落下一方淡青色的輕柔絲絹來。

武當四雁一齊地輕呼一聲，衝上三步，伸手去接這方軟絹。

哪知木珠大師突地冷叱一聲，右手袍袖，「呼」地揮出，帶起一陣激風，向武當四雁掃去，左手卻已將這方輕絹接在手裡。

這其間的一切變化，都快如閃電，你只要稍微眨動兩下眼睛，場中便立時換了一副景象。管寧凝目望去，只見木珠大師身形隨著袍袖的一拂，退後五尺，武當四雁滿面躍躍欲動之色，八道目光，一齊望在木珠手上的那方輕絹之上。

只有公孫左足仍是滿面帶著鄙夷的笑容，冷眼旁觀，似乎是任何一件事的結果，他都早就預料到了，是以根本毋庸去為任何事擔心。

只見木珠大師右手緊緊握著那串青錢、左手舉著那方絲絹，凝目良久，突地長歎一聲，雙手齊鬆，青錢、絲絹，俱都落到地上。

公孫左足狂笑之聲，又復大響，藍白雙雁，對瞥一眼，齊地搶上一步，劍光乍起，「唰」地，竟將地上的一串青錢、一方輕絹挑了起來。

而木珠大師卻在這同一剎那，在這公孫左足狂笑聲中，拂袖，甩肩，擰腰，錯步，頭也不回地倏然回身遠走。

公孫左足拍掌笑道：「我只道木珠和尚已是天下最傻的人，想不到你們這四個小道士比他還傻三分，這串青錢如是真的，老和尚怎會把它甩下一走，你們現在還搶著來看，不是呆子是什麼？」

他一面笑罵，武當四雁卻在一面探看著那方輕絹，一瞥之下，他們滿腔的熱望，便立刻為之冰冷。在這串古老相傳的武林異寶「如意青錢」中的這方輕絹，竟是全白，連半點字跡都沒有。

等到公孫左足罵完了，武當四雁亦不禁失望地拋下青錢、輕絹，各自擰腰錯步，回身遠走。

公孫左足目送著他們的身影消失，狂笑之聲，亦自戛然而止，轉目望處，只見身側的錦衣少年仍在呆呆地望著自己。

兩人目光相對，管寧只覺這公孫左足的目光之中，滿是悲愴痛苦之色，先前那種輕蔑嘲弄的光彩，此刻已自蕩然無存，不禁同情地歎息一聲，想說兩句話來安慰一下這心傷手足慘死的風塵異人，但究竟該說什麼，他卻又覺得無從說起。

公孫左足鐵拐一點，走到路邊，尋了塊山石，頹然坐了下來。他自覺心神交疲，彷彿已經蒼老許多，方才雖然強自掩飾著，但此刻卻已再無喬裝的必要，長歎一聲，緩緩道：「你叫什麼名字？」

管寧立刻說了，公孫左足微微頷首，又道：「管寧，你過來，坐到我身側，我有些話要問問你。」

他雖然滿身襤褸狼狽之態，但此刻語氣神態，卻又隱含著一種不可描述的莊嚴高貴，這種莊嚴高貴，絕不是人間任何一件華麗的外衣喬裝的，也不能被任何的襤褸掩飾得住的。

管寧依言坐了下來，他心中何嘗沒有許多話要問這公孫左足，如想知道青錢的秘密、四明山莊的秘密、白袍書生的秘密，他只覺每一件事中，都隱藏著一個秘密，而每一個秘密都是他極願知道的。

只見公孫左足目光凝注著林梢瀉下的一絲天光，默然良久，突地問：「你是幾時上山來的？幾時來四明山莊，看見了一些什麼人？什麼事？」

管寧微一沉吟，便將自己所遇，極快地說了出來。此事，他已說了不止一次，此次更說得格外流暢，公孫左足默然傾聽，頻頻長歎，頻頻撫額，此事的究竟真相，他自己亦無法猜測。

丐幫歷史，由來已久，但定下詳規，立會君山，卻還是近年間事，此次「四明紅袍」飛柬相邀，他因事耽誤，是以來得遲了，卻再也想不到，四明山莊之中，會生此慘變，更想不到先自己一步而來，與自己情感極深的孿生兄弟，竟慘死在四明山莊裡。

他上山之際，遇著管寧，那時他還不知四明之變，只是奇怪一個看來武功極淺的弱冠書生，怎地會從四明山莊之中走出。

等到他自己趕到四明山莊，看到偌大的山莊之中，竟無人跡，再看到諸眾的屍體，新掘的墳墓，和自己兄弟片刻不離身的鐵拐，他便已知道這四明山莊中，已有慘變發生。但他卻又不知道在這次慘變中，竟有如此多武林高手慘死，因為此事不但匪夷所思，而且簡直令人難以置信。

於是他折回山路，聽到管寧和木珠、四雁的對話，看到他們的動手，驟然現身，狂笑訕嘲，看來雖然不改故態，其實當時心中的悲愴、憤嫉、驚疑，卻是他有生以來第一次感覺到的。

他默默地聽完了管寧的話，樹林裡的天光更暗了，那串閃著青光的制錢，仍在地上一閃一閃地發著青光，那方輕柔的絲絹，被風一吹，吹到路旁，貼在一塊山石上。他悲愴地長歎一聲，手中鐵拐重重在地上一頓，發出「噹」一聲巨響，激得地上的沙石四散飛揚，這一擊雖重，卻又怎能夠發洩他心中的悲怒之氣呢？

管寧呆望著他，忍不住問道：「方才小可聽得四明莊主此次聚會群豪，其中一半是為了這串青錢，老前輩可否告訴小可，這串青錢之中，究竟有什麼地方值得人們如此重視呢？」

公孫左足目光一轉，望在那串青錢上，突地冷哼一聲，長身而起，走到青錢之側，舉拐欲擊，忽又長歎一聲，自語道：「你這又何苦，你這又何苦……」

緩緩垂下鐵拐，坐回山石上，長歎道：「青錢呀青錢，你知不知道，百十年來，已有多少人死在你的名下？」

管寧心中更加茫然，只聽這已因心中悲憤而失常態的武林異人長歎又道：「百餘年前，武林之中出了個天縱奇才，那時你我都還沒有出世，我自也沒有見過他，只知道這位奇人在十年之中，擊敗當時天下所有的武林高手，出入少林羅漢堂，佩劍上武當解劍岩，赤手會點蒼謝神劍，單掌劈中條七煞，隻手敗連環塢鳳尾幫。孤身一人，十年之中不知做下多少驚天動地的大事，將天下武林禁地、武林高人，都視為無物，唉——他人雖早已死去，但是他的遺事，卻直到此刻還在江湖間流傳著。」

他目光空洞地凝注著遠方，語聲亦自沉重已極，但這種奇人奇事聽到管寧耳裡，卻不禁心神激蕩，豪氣遄飛，恨不得自己也能見著此人一面，縱然要付出極大代價，也是值得的。

卻聽公孫左足接道：「人間最難堪之事，莫過於『寂寞』二字，此人縱橫宇內，天下無敵，人人見著他，都要畏懼三分，誰也不敢和他親近，他外表看來，雖極快活得意，其實心中卻寂寞痛苦已極，不但沒有朋友，甚至連個打架的對手都沒有。」

他語聲微頓，長歎一聲，自己心中，也突然湧起一陣無比寂寞的感覺，「君山雙殘」，一母孿生，自幼及長，從未有過太長的別離，而此刻雁行折翼，他陡然失去了最親近的人，永遠不能再見，此刻心中的感覺，又該是如何傷痛。

管寧只見他悠悠望著遠方，心裡也直覺地感受到他的悲哀，但一時之間，卻也不知該如何安慰於他，卻聽他又自接道：「歲月匆匆，他雖然英雄蓋世，但日月侵人，他亦自念年華老去，自知死期已近，便想尋個衣缽傳人。但這種絕頂奇才眼界是如何之高，世上茫茫諸生，竟沒有一個被他看在眼裡。於是他便將自己的一身絕世武功，製成十八頁秘圖，放在十八枚特製銅錢裡。故老相傳，這十八頁秘笈，上面分別記載著拳、劍、刀、掌、鞭、腿、槍、指、暗器、輕功、內力修為、點穴秘圖、奇門陣法、消息機關，以及他自己寫下的一篇門規。其中劍法、掌法各占兩頁，合起來恰好是一十八頁，但大家亦不過僅僅知道而已，誰也沒有親眼見過其中任何一頁。」

管寧暗歎一聲，忖道：「此人當真是絕世奇才，以短短百年之生，竟能將這許多種常人難精其一的功夫，都練到絕頂地步，唉——如此說來，也難怪武林中人為著這串青錢，爭鬥如此之激了。」

公孫左足又自歎道：「自從這位異人將自己遺留絕技的方法公諸武林之後，百年來，江湖中便不知有多少人為著這串青錢明爭暗鬥。七十年來，祁山山腰的一個洞窟之中，出現第一串『如意青錢』，為著這串青錢，武林中竟有十七位高手在祁山山麓，直到當時的崑崙掌門白夢谷將這串青錢當眾打開，發覺其中竟是十八面白絹之後，武林中才知道這『如意青錢』一共竟有十串，而且只有一串是真的。」

管寧不禁又為之暗歎忖道：「武林異人，行事真個難測。他既有不忍絕技失傳之心，又何苦如此捉弄世人——」心中突又一動，忍不住問道：「他們又怎知道這『如意青錢』共有十串，而且只有一串是真的呢？」

公孫左足緩緩道：「當時白夢谷驚怒之下，直折回那青錢原在的洞窟，才發現那洞中的石案之下，整整齊齊地刻著十六個隸書大字，『如意青錢，九偽一真，真真偽偽，智者自擇。』只是那得寶之人興奮之下，根本沒有看到這行字跡而已。」

管寧恍然頷首，公孫左足又道：「這似詩非詩、似偈非偈的十六個字，不出半月，便已傳遍武林，但等到第二串青錢在峨嵋金頂，被峨嵋劍派中的『凌虛雙劍』發現的時候，本來情如手足的凌虛雙劍，竟等不及分辨真偽，便自相殘殺起來，直落到兩敗齊傷，俱都奄奄一息，才掙扎著將這串青錢拆開——」

管寧脫口道：「難道這串又是假的？」

公孫左足長歎頷首道：「這串青錢又是假的。只可惜凌虛雙劍已經知道得太遲了，這本來在武林中有後起第一高手之譽的凌虛雙劍，竟為著一串一文不值的銅制錢，雙雙死在峨嵋金頂之上。」

公孫左足將這一段段的武林秘辛娓娓道來，只聽得管寧心情沉重無比，心胸之間，彷佛堵塞著一方巨石似的。

他緩緩透了口長氣，只聽公孫左足亦沉聲一歎，緩緩又道：「凌虛雙劍雙雙垂死之際，將自己的這段經過，以血寫在自己衣襟上，他人之將死，其言也善，只望自己的這段遭遇，能使武林中人有所警惕，哪知——唉！」

語聲微頓，又自歎道：「此後數十年間，又出現了三串如意青錢，這三串青錢出現的時候，仍然有著不知多少武林高手為此喪生，因為大家俱都生怕自己所發現的一串青錢是真的，因此誰也不肯放手，那凌虛劍客雖有前車之鑒，但大家卻是視若無睹。」

風吹林木，管寧只覺自己身上，泛起陣陣寒氣，伸手一掩衣襟，暗暗忖道：「人為財死，鳥為食亡，這些武林高手的死，罪過又該算到誰的身上？」

卻見公孫左足雙眉微皺，又接道：「怪就怪在每串如意青錢發現的時候，俱非只有一人在場，是以便次次都有流血之事發生，直到——」

他語聲竟又突地一頓，面上竟泛起一陣驚疑之色，愣了半晌，喃喃自語道：「還是死了一個，還是死了一個……」雙掌自握，越握越緊，直握得他自己一雙枯瘦的手掌，發出一陣「咯咯」的聲響。

管寧轉目望到他的神態，心中不禁驚恐交集，脫口喚道：「老前輩，你這是幹什麼？」

公孫左足目光一抬，像是突然自噩夢中驚醒似的，茫然回顧一眼，方自緩緩接道：「半年以前，我和公孫老二到塞外去了卻一公案，回來的時候，路經長白山，竟然迷路深山，在亂山中闖了半日，方自歎息倒楣，哪知卻在一個虎穴中，發現一串十八枚青錢，我弟兄二人自然不會為了這串青錢生出爭鬥，便一齊拍開一枚，果然不是真的，我弟兄二人雖然也有些失望，但卻在暗中僥倖，得著這串偽錢的幸虧是我們，若是換了別人，至少又得死上一個，哪知——唉！還是……」

他聲音越說越低，語氣之中，也就越多悲哀之意，默然半晌，哀聲又道：「想不到這如意青錢無論真偽，竟都是不祥之物。老二呀老二，若不是為了這串青錢，你又怎會不及等我，就匆匆趕到這四明山莊來，又怎會不明不白地死去！」

雙手蒙面，緩緩垂下了頭，這叱吒江湖、遊戲人間的風塵異人，心胸縱然曠達，此刻卻也不禁為之悄然流下兩滴眼淚來。

山風蕭索，英雄落淚，此刻雖非嚴冬，管寧卻覺得天地之間，已充滿嚴冬的寒冷肅殺之意，想到自己親手埋葬的那麼多屍身，這公孫左足不過僅是為著其中之一而悲傷罷了，還有別的死者，他們也都會有骨肉親人，他們的骨肉親人若是知道了這件事，不也會像公孫左足此刻一樣悲傷嗎？

隨著這悲傷的意念，首先映入他腦海的，便是那「四明紅袍」夫婦相偎相依、擁抱而死的景象。「他們鴛鴦同命——唉！總比一人單獨死去要好得多。」他情感極為充沛，此刻忽然想起自己死時，不知有無陪伴之人，暗中唏噓良久，腦海中，又接連地閃過每一具屍身的形狀。

突地——

他一拍前額，口中低呼一聲，倏然站了起來，像是突然想起什麼驚人之事一樣。

公孫左足淡然側顧一眼，只見他雙目大張，口中翻來覆去地喃喃自語著道：「峨嵋豹囊……羅浮彩衣……峨嵋豹囊……」心中不覺大奇。

哪知管寧低語一頓，突地擰轉身來，失聲道：「老前輩，你可知『峨嵋豹囊』是誰？」

公孫左足眉心一皺，緩緩道：「峨嵋豹囊，便是武林中代代相傳，以毒藥暗器名揚天下的蜀中唐門，當今門人中的最最高手。只因他兩人身畔所佩的暗器革囊，全用豹皮所製，色彩斑爛，是以江湖中人便稱之為『峨嵋豹囊』，但他兩人卻並非峨嵋派中的弟子。」

他雖然覺得這少年的問話有些突兀奇怪，但還是將之說了出來。

哪知他話方說完，管寧突然滿面喜色地一拍手掌，道：「這就是了。」

公孫左足為之一愣，不知這少年究竟在弄什麼玄虛。只見他一捋袍角，翻身坐到自己身側的山石上，道：「小可方才聽那羅浮彩衣弟子說，曾經眼見峨嵋豹囊兄弟兩人連袂到了四明山莊，而且並未下山。但小可記憶所及，那些屍身之中，卻沒有一人腰佩豹囊的，此次赴會之人全都死在四明山莊，而這峨嵋豹囊兄弟兩人，卻單單倖免，這兩人如非兇手，必定也是幫兇了。」

他稍微喘氣一下，便又接著說道：「而且小可在那四明山莊外的木橋前，有暗器襲來，似乎想殺小可滅口，那暗器又細又輕，而且黝黑無光，但是勁力十足，顯見……」

公孫左足大喝一聲，突地站了起來，雙目火赤，鬚髮皆張，大聲說道：「難道真是這峨嵋豹囊兩人幹的好事……」

目光一轉，筆直地望向管寧，道：「在那六角小亭中，將你的書僮殺死的人，是不是身軀頎長，形容古怪……」

管寧微一沉吟，口中訥訥說道：「但那人身畔卻似沒有豹囊。」

公孫左足冷哼一聲，道：「那時你只怕已被嚇暈，怎會看清楚？何況……他們身上的豹囊，又不是拿不下來的。」

他雖是機智深沉，閱歷奇豐，但此刻連受刺激，神智不免有些混亂，此刻驟然得到一絲線索，便自緊緊抓住，再也不肯放鬆。

管寧劍眉深皺，又自說道：「還有一事，亦令小可奇怪，那羅浮弟子曾說他們羅浮劍派，一共只派了兩人上山，便是彩衣雙劍，但小可在四明山莊之中，除了看到他們口中所說一樣的錦衣矮胖的兩位劍客的屍身之外，還看到一具滿身彩衣的虬髯大漢的屍身。不知老前輩可知道，此人是否亦是羅浮彩衣的門下呢？」

公孫左足垂首沉思良久，伸出手掌，一把抓住自己的亂髮，長歎著又坐了下來。

此刻他心中的思緒，正也像他的頭髮一樣，亂得化解不開，這少年說得越多，他那紊亂的思潮，便又多了一分紊亂。「峨嵋豹囊武功雖高，卻又怎能將這些人全部都殺死呢！除非……除非他們暗中在食物中下了毒，但是……峨嵋豹囊與四明紅袍本來不睦，自不可能混入內宅，更不可能在眾目昭昭之下做出呀，那麼……那麼他們又是如何下的毒呢？」

這問題使他百思不解。

而管寧此刻卻在心中思索著另一問題：「白袍書生是誰？」這問題在他心中已困惑很久，但他卻始終沒有機會說出。因為他說話的對象都另有關心之處，是以當他說「白袍書生」的時候，別人不但根本沒有留意，而且還將話題引到自己關心的對象上去，這當然是他們誰也不會猜出管寧口中所說的「白袍書生」究竟是誰的緣故。

此刻管寧又想將這問題問出，但眼見公孫左足垂首沉思，一時之間，也不便打擾。

兩人默然相對，心裡思路雖不同，但想的卻都是有關這四明山莊之事。

此處已是深山，這條山路上達四明山莊的禁地，莫說武林中人，便是尋常遊客，除了像管寧這樣來自遠方，又是特別湊巧的人之外，也都早得警告，誰也沒有膽子擅入禁地，是以此地雖然風景絕佳，但卻無人跡。

空山寂寂，四野都靜得很。

靜寂之中，遠處突地傳來一聲高亢的呼喊聲，雖然聽不甚清，但依稀尚可辨出是「我是誰……我是誰……」三字。

管寧心頭一凜，凝神傾聽，只聽得這呼喊之聲，越來越近，轉瞬之間，似乎劃過大半片山野，來勢之速，竟令人難以置信。

呼聲更近，更響，四山回應，只震得管寧耳中嗡嗡作響。轉目望去，公孫左足面上也變了顏色，雙目凝注著呼聲來處，喃喃道：「我是誰！我是誰……」

他是誰？管寧自然知道，他跨前一步，走到公孫左足身側，方想說出這呼聲的來歷。

但是——這震耳的呼聲，卻帶著搖曳的餘音，和四山的迴響來到近前了。

只聽砰然一聲巨響，林梢枝葉紛飛，隨著這紛飛的枝葉，倏然落下一條人影。公孫左足大驚回顧，這人影白衫白履面目清臒，雖然帶著二分狼狽之態，卻仍不掩其丰神之俊。

他心中不禁為之猛然一跳，脫口低呼道：「原來是你！」

卻見這白袍書生身形一落地，呼聲便戛然而止，一個飄身，掠到管寧身前，滿面喜容地說道：「我找了你半天，原來你在這裡。」

管寧無可奈何地微笑一下，這白袍書生已自一把拉著他的臂膀，連聲道：「走，走，快幫我，告訴我是誰，你答應過我的，想溜走可不行。」

公孫左足莫名其妙地望著這一切，心中倏地閃電般掠過一個念頭，這念頭在他心中雖僅一閃而過，但卻已使得武林之中又生出無數事端。

管寧方覺臂膀一痛，身不由主地跟著白袍書生走了兩步。

哪知——公孫左足竟然大喝連聲，飛身撲了上來，左掌微揚，撲面一掌，右肋微抬，肋下鐵拐，電掃而出，攔腰掃來。這一連兩招，俱都快如雷擊電掣，而且突兀其來地向白袍書生擊來。

管寧驚呼一聲，眼看這一掌一拐，卻已堪堪擊在白袍書生身上。哪知白袍書生對這一掌一拐看也不看一眼，右手一帶管寧，自己身形微微一閃，他閃動的幅度雖然極小，然而這一拐一掌竟堪堪從他們兩人之間的空隙打過，連他們的衣角都沒有碰到一點。

管寧驚魂方定，只覺自己掌心濕濕的，已然流出一身汗。

這白袍書生身形之曼妙，使得公孫左足也為之一驚，他雖然久已知道這白袍書生的盛名，但始終沒有和他交過手，此刻見他武功之高，竟猶在自己意料之外，心頭一寒，同時沉肩收掌，撤拐，這一掌一拐吞吐之間又復遞出。

白袍書生袍袖微拂，帶著管寧，滑開三尺。他武功雖未失，記憶卻全失，茫然望了公孫左足一眼，沉聲說道：「你是誰？幹什麼？」

公孫左足冷笑一聲，他和這白袍書生曾有數面之識，此刻見他竟是滿臉不認得自己的模樣，心中越發認定此人有詐。當下一提鐵拐，釋身進步，唰唰，又是兩招，口中喝道：「好狠的心腸，你究竟為了什麼？要將那麼多人都置於死地。」

白袍書生又是一愣，這跛丐說的話，他一點也聽不明白，旋身錯步，避開這有如狂風驟雨般擊來的鐵拐，一面喝道：「你說什麼！」

管寧心中一凜，知道公孫左足必定有了誤會，才待解釋幾句，哪知公孫左足卻又怒喝道：「以前我只當你雖然心狠手辣，行事不分善惡，但總算是條敢作敢為的漢子，因之才敬你三分，哪知你卻是個卑鄙無恥的小人，哼哼，你既已在四明山莊染下滿身血腥，此刻又何苦作出這種無恥之態來？哼哼，我公孫左足雖是技不如你，今日卻也要和你拚了。」

第四章　真真假假

公孫左足連聲怒罵，連聲冷笑，手中鐵拐，更如狂飆般向白袍書生擊下，不但招招快如閃電，招招狠辣無情，而且有攻無守，盡是進手招式，果然是一副拚命的樣子，已將自己生死置之度外。

剎那之間，林中樹葉，被他的鐵拐掌風，激得有如漫天花雨，飄飄而落。

那白袍書生卻仍然滿心茫然，他搜遍記憶，也想不起自己以前究竟是做過什麼事，是以公孫左足罵他的話，他連自己也不知道自己究竟做過沒有。「血腥……血腥……」他心中暗地思忖，「難道那些屍身是被我殺的？」

身形飄飄，帶著管寧，從容地閃避開這公孫左足的招式，卻未還手。

公孫左足冷笑一聲，力劈華嶽、石破天驚、五丁開山，一連三招，招風如飆，當真有開山劈石之勢。

「君山雙殘」雖以輕功稱譽天下，但他此刻使出的，卻全是極為霸道的招式，一面連連冷笑，他見這白袍書生只守不攻，心中越發認定他做了虧心之事，是以不敢還手。

管寧身不由主，隨著這白袍書生的身形轉來轉去，只覺自己身軀四側強風如刀，掌風拐影，不斷地擦身而過，只要自己身軀稍微偏差一點，立時便有骨碎魂飛之禍。

他雖非懦夫，但此刻也不禁嚇得遍身冷汗涔涔而落，心中尋思道：「難道這公孫左足竟誤認這白袍書生便是四明山莊中慘案兇手？」

目光抬處，只見公孫左足目眥欲裂，勢如瘋虎，不由心頭一凜，高聲喝道：「老前輩，請住手，且聽小可解釋……」

公孫左足冷笑一聲，唰地一招，竟向管寧當頭打來，口中大喝道：

「你還有什麼話說？哼哼，我只當你是個正直的少年，卻想不到你竟也是個滿口謊言的無恥匹夫。」

他悲憤怨毒之下，竟不給人一個說話的機會。

管寧只覺耳旁風聲如嘯，眼看這一招勢挾千鈞的鐵拐，已將擊在自己頭上，心中暗歎一聲，還來不及再轉第二個念頭，只覺自己臂膀一緊，腳下一滑，身軀又不由自主地錯開一些，這支眼看已將擊在他身上的鐵拐，便又堪堪落空。

直到此刻，他還弄不清這公孫左足怎會向自己也施出殺手，微一定神，大喝道：「公孫前輩，此事定必有些誤會，待小可……」

哪知公孫左足此刻悲憤填膺，根本不給他說話的機會，大喝道：「我公孫左足有生以來，還從未被人愚弄，想不到今日陰溝裡翻船，竟栽在你這小子手上。」

他身為一派宗主，以他的身分，本不應該說出這種江湖市井之徒的話來，但此刻他已認定四明山莊的兇手之事，普天之下，除了這白袍書生之外，再也沒有第二人能夠做到，又認定管寧定必是這白袍書生的黨羽，方才對自己說的話，不過是來愚弄自己，讓自己始終無法查出誰是真凶，因此心中不禁將管寧恨入切骨。

這恨痛之心，激發了他少時落身草莽的粗豪之氣，此刻大聲喝罵，罵的語聲，雖快如爆豆，但這幾句話間的工夫，卻又已排山倒海般攻出七招，只可惜這白袍書生身法奇詭快速，有如鬼魅，招勢雖狠雖激，卻也無法將之奈何。

白袍書生身形閃動，心裡根本毋庸去為自己的安危擔心，只是順理成章地去閃避這些招勢，有如水到渠成，絲毫沒有勉強之意。

他茫然地望著眼前這有如瘋狂一般的跛足丐者，忍不住皺眉問道：「你這是幹什麼？」

公孫左足牙關緊咬，手中鐵拐所施展出的招式，雖仍如狂風驟雨，呼嘯不絕，胸膛起伏，卻已遠較先前急遽。

這以輕功名滿天下的丐幫幫主，此刻不但將自己一生武功的精華都棄之不用，而且也摒棄了一切武學的規範，招式大開大闔，大砍大劈，非但不留退步，而且不留餘力，這數十招一過，他真氣便難免生出不續之感。

管寧心中正自尋思，該如何才能阻止他的攻勢，哪知這丐幫奇人突然大喝一聲，後掠五步，漫天拐影風聲，亦為之盡消。

白袍書生雙眉一展，飄忽閃動的身形，也倏然停頓下來，靜如山嶽般挺立著，生像是他站在那裡從來沒有移動過似的，這一動一靜間的變化，當真是武學中的精華。管寧雖不甚瞭解，心中亦不禁不勝企慕地暗歎一聲，然後才發覺自己的身形也突然停頓下來，幾片枝葉，飄飄從林梢落下，幾點沙石，靜靜落到地上，然後這林間又歸於靜寂。

卻見公孫左足鐵拐一頓，在這已歸於靜寂的樹林中，又發出砰的一響，白袍書生又自茫然地望了他一眼，緩緩問道：「你到底是幹什麼？」

公孫左足本來微垂的眼瞼，此刻突然一開，數十招一過，他已自知自己縱然拚盡全力，卻也無法奈何人家，自己死不足惜，但自己一死，這件秘密豈非永無揭穿的一日？

因之他垂下眼瞼，一來是強自按捺著心中的悲憤，再者卻是調息著體內將要潰散的真氣，此刻雙目一張，便冷冷說道：「你到底是幹什麼？」

白袍書生為之一愕，卻聽公孫左足冷冷接道：「你明知我已揭穿你的秘密，還站在那裡？哼哼，若我是你的話，便該將我一刀殺死，說什麼你武功雖高，難道高得過天下武林？」

白袍書生仍是滿面茫然，管寧卻已盡知他言下之意，忍不住脫口道：「公孫前輩，四明山莊中的兇殺之事，小可雖未親眼目睹，但卻可判定另有他人所為，老前輩如若這般武斷，豈非要教真凶訕笑？」

公孫左足雙目一凜，突地仰天狂笑起來，笑聲之中，盡是淒厲悲憤之意，一面伸出他那一隻乾枯黝黑的手指，指著白袍書生狂笑道：「普天之下，除了你之外，還有誰能將四明紅袍、君山雙殘、羅浮彩衣、終南烏衫，一齊殺死！普天之下，除了你之外，還有誰能讓你受傷！」

他慘厲地大笑三聲，又道：「此次四明紅袍飛柬來邀我弟兄和烏衫獨行、羅浮彩衣這些老不死出山，說是不但真的如意青錢已有著落，而且還要商量另一件事情，我就在奇怪，為什麼這其中竟少了黃冠老兒、翠袖夫人這些人，尤其是四明紅袍夫婦和這兩人本最要好，這種要事卻為什麼偏偏不找他們？」

他語聲微頓，像是又在強忍著心中的悲憤，瞑目半晌，方自狂笑道：「現在我才想起，這紅袍小子原來還沒有忘記十五年前，在泰山絕頂和我們幾個結下的一點怨毒，竟是和你勾結好了，想把我們全都誘到這裡來，布下陷阱，想將我們一網打盡——哈哈，哪裡有什麼如意青錢，哪裡有什麼機密大事，人道四明紅袍最是狡詐，先前我看他夫婦兩人一副丰神俊朗的樣子，還不相信，直到此刻——哈哈，只是他兩人雖然奸狡，卻還比不上你的凶狠，他們也萬萬不會想到，你竟連他們兩人也一齊殺死！」

他連聲狂笑，連聲怒罵，只聽得管寧心中亦不禁為之所動。

「難道此事果真如此？」

轉目望去，只見那白袍書生目光低垂，滿面茫然地喃喃自語道：「難道真是我幹的？我是誰？難道真是我幹的……」

公孫左足雙眉一軒，仰天厲嘯，道：「公孫老二呀公孫老二，我叫你不要輕信人言，你偏偏不聽。」手指一偏，指向地上那串青錢：「偏偏要帶這串東西趕到這兒來，好好，現在，你總該知道了吧？想那四明紅袍如果真的知道了如意青錢的下落，又怎會告訴你？」

他低聲歎息一下，目光突又轉向白袍書生，狂笑道：「你武功雖然高絕，心計雖然狠辣，卻忘了世上還有比你更強的東西，那就是天理，那就是報應。今日我公孫左足既敢揭穿你的詭計，便早已將生死置之度外，你若是聰明的，乘早將我殺死，否則我就要揚言天下，說出你的惡行，你不但做出這等凶惡之事，還要利用個年輕小子，將罪名推到峨嵋豹囊身上。」

目光一轉，轉向管寧，又道：「你若是以為你幫這惡魔做下移禍之事，這惡魔便會多謝於你，那你就大大的錯了，有朝一日，哼哼，你也難免要死在他的掌下。」

管寧失神地佇立著，這公孫左足所說的話，聽來確是合情合理，他方才親眼看到武當四雁、羅浮彩衣，以及少林木珠和這公孫左足的身手，知道這些人俱都是當今武林中的頂尖人物，而此刻，他再以這白袍書生的武功和他們一比，便覺得他們的武功雖高，但在這白袍書生面前，便有如螢火之與皓月一樣，相去實不可以道里計。

是以一時之間，他心中不禁疑雲大起，又是許多新的問題在他心中說出：「這白袍書生雖然是一副失魂落魄的樣子，但武功仍是如此之高，看來也只有他能將那些人一一擊斃，而他自身所受的傷，自然是在和別人交手時不慎被擊的，這傷勢使他喪失了記憶，因此連他自己也不知道這些人究竟是否被他所殺。」

一念至此，他不禁暗道：「那麼……難道他便是兇手，但是……」

他腦海中掠起在六角亭中所見的那怪客，以及那突然而來的暗器。「但是，那兩人和那些暗器卻又該如何解釋呢？這公孫左足雖然以為這些事都是我憑空揑造出來的，但我知道那是千真萬確的事呀！」目光抬處，只見公孫左足和白袍書生四目相對，公孫左足面上固然是激動難安，目光中像是要噴出火來，白袍書生的面上，亦是陰晴不定。

他心裡似乎也在尋思著這公孫左足所說之話的正確性。

「這些話是真的嗎？難道我真的做下那種事，無論此事的真假，這跛足乞丐既然說了出來，便一定會揚言天下，找人對付我，那麼……我該一掌將他劈死嗎？但是……我究竟是誰呢？」

管寧呆呆地愣了半晌，突地轉身奔上山去，他想將那些落在地上的暗器拾起一些，讓公孫左足看看，這些暗器究竟是誰的。

這些暗器如是真的屬於峨嵋豹囊，那麼此事便可窺出一分端倪。公孫左足、白袍書生兩人，四目相對，目光瞬都未瞬一下，像是根本沒有看到他的離去似的。

他急步而奔，越奔越快，只望自己能在這兩人有所舉動前趕回來，而他亦得知這兩人的心性是不可以常理衡量，因之他沒有解釋自己突然走開的原因，他輕功雖然不佳，但終究是曾經習武之人，此刻雖然是勞累不堪，但跑得仍然很快。

山路崎嶇，他漸漸開始喘息。

但是，前面四明山莊的獨木小橋，已隱隱在望，於是他更加快腳步。到了絕壑上，他定下神來，讓自己急遽的喘氣平息。

然後他小心地走過小橋。

林木、石屋，仍然是先前的樣子，地面的沙石上，還留著他凌亂的腳印。

但是……除了沙石之外，地上便一無所存。他俯下身去，仔細察看著，地上哪裡有先前那些暗器的影子？

他失望地仰天長歎一聲，最後一點線索，此刻似乎又已斷去。天上陰霾沉重，厚重的烏雲將升起的陽光一層層遮蓋起來。

他長歎著，踱回橋畔，一滴雨，落在他臉上，他伸手拭去了，心中思潮如湧，幾乎忘記了，一滴雨之後，一定還有更多滴雨會隨之落下的，他縱然擦乾了這滴雨水，卻會有更多滴雨水落在他身上。

等到他走過小橋的時候，他身上的雨滴，已多得連他自己都無法數清了。山間的驟雨，隨著漫天的烏雲，傾盆落了下來。

冰涼的雨珠，沿著他的前額，流滿了他的臉。他希冀自己能為之清醒一下，是以他沒有放足狂奔。

但是他失望了，他心如亂絲，雨滴雖清冷，卻也不能整理他紊亂的思潮呀！

於是，他再狂奔，濕透了的衣衫，緊緊貼在他身上，他伸手一摸，那錦囊仍在懷中，不禁為之暗歎一聲，忖道：「這錦囊中的其他東西，是不是也像那串青錢一樣，也包含著一些秘密呢？」

轉過山彎，前面便是那片山林，那條山道，迷濛的煙雨，給這本已絕佳的山景，更添了幾分神秘而嫵媚的景色。

但他此刻卻沒有心情來欣賞這些了，他匆忙地奔過去，轉目一望——只見山林之中，那白袍書生正失魂落魄地獨自佇立著，林梢瀉下的雨水，將他白色的長袍也完全打濕了，而他卻像是仍然沒有感覺似的，一面失神地望著遠方，一面喃喃地低語著：「難道真的是我？但是我又是誰？」

管寧歎息一聲，目光一轉，不禁脫口道：「公孫前輩呢？」大步跑過去，遙遠的山路上，煙雨濛濛，那公孫左足已不知何時走了，不知走到哪裡去了。

雨勢越來越大，但站在驟雨下的管寧和白袍書生，卻仍然呆呆地佇立著，傾盆的大雨落在他們身上，他們生像是誰都沒有感覺似的。

尤其是管寧，面對著這白袍書生，他可能是曾經殺死許多人的兇手，也可能是全然無辜的，管寧問著自己：「到底他是誰呢？我該對他怎麼樣？」

哪知——他心中正自思疑難決的時候，這白袍書生峙立如山的身形，突地搖了兩搖，接著便「砰」的一聲倒在地上。

等到管寧口中驚呼著箭步躥來的時候，滿地的泥濘，已將他純白的衣衫染成汙黃了。

這一個突然生出的變化，使得管寧幾乎不相信自己的眼睛，這武功莫測的異人，怎地竟會無故地暈厥跌倒？

俯身望處，只見他雪白的面容，此刻竟黃如金紙，明亮的雙目和堅毅的嘴唇一齊閉著，伸手一探，鼻息竟也出奇的微弱。

「難道那公孫左足臨去之際，以什麼厲害的暗器將之擊中？」

轉目望處，他身上卻全然沒有一絲傷痕，只有緊閉的嘴唇邊，緩緩流下一絲淡黃的唾沫，流到地上，和地上的雨水混合。

管寧呆呆地望著他，一時之間，心中又沒了主意，他本是錦衣玉食的富家公子，對於江湖上的仇殺之事，本是一竅不通，自然更無法判斷出他是為了什麼緣故而以致此。

他不禁長歎一聲，俯身將這白袍書生從地上扶起。哪知目光轉處，他竟又發現一件奇事，使得他不由自主驚呼一聲，手中已自扶起一半的白袍書生的身軀，也隨之又跌了下去。

雨落如注，將這白袍書生嘴旁流下的唾沫，極快地沖散開去，混合著唾沫的雨水，流到管寧腳下，而那串如意青錢此刻便也在管寧腳邊。奇怪的是，這混合著唾沫的雨水一經過，泛著青銅光彩的金錢便立刻變得黝黑，就像是銀器沾著毒汁一樣。

管寧縱然江湖歷練再淺，此刻卻也不禁為之凜然一驚，暗忖道：「難道他中了毒，連他口中流的唾沫，都含蘊著如此劇毒？」

須知普天之下，能使銀器泛黑的毒汁，自然極多，可是能使青銅都為之變色的毒汁，卻是少之又少，何況這白袍書生口中流出的唾沫，再混合了多量的雨水，而依然如此之毒，卻端的是駭人聽聞的了。

「他是何時中毒的呢？」

管寧心中又不禁疑惑，俯首沉思良久，目光動處，心頭又不禁怦然一跳——

那張自青錢中取出，被山風吹得緊貼在山石上的純色柔絹，此刻被雨水一打，上面竟出現四行字跡。遠遠望去，那字跡雖看不清楚，但管寧卻可判出必是先前所無，此刻心中一動，忍不住旋身取來一看，只見上面寫著的竟是：

「如意青錢，九偽一真，
偽者非偽，真者非真，
真偽難辨，九一倒置，
世人多愚，我復愚之。」

三十二個字跡蒼勁，非隸非草、非詩非偈的蠅頭小字。

這三十二字一入管寧之目，他只覺心中轟然一聲，猛地一陣巨顫，雙手一緊，緊緊地抓住手中的柔絹，像是生怕它從自己手中失落。

因為，他已從這一方沾滿了汙黃泥水的柔絹上，找出了一件在武林中，已經隱藏了百十年的重大秘密。此刻他雖然還不能十分確切地明瞭這件秘密的真相，但至少他已把握了開啟這件秘密的鑰匙。

於是他勉強將自己心中的激動之情，平復下去，反覆將絹上的字跡，又仔細地看了幾遍，傾盆的大雨淋在他身上，他也像是根本沒有感覺到。「九偽一真……偽者非偽……九一倒置……」他一面反覆推敲著這幾句似詩非詩、似偈非偈的短句，一面暗自低吟道：「難道這串已被那麼多武林高手斷定是假的如意青錢，竟是真的？難道這串青錢之中所藏的柔絹，上面便記載著百十年前，那位名震天下的前輩一身超古邁今的武學秘技？」

一念至此，他心胸之間，不覺立刻又升起一陣難以抑制的激動，方才這半日之間，他眼看那麼多人為著這如意青錢中所載的武學絕技，如癡如狂，就連少林寺長老、丐幫幫主這種地位身分的人物，為著這串青錢，都不惜做出許多有失他們身分地位的事來，武當、少林，這兩派素來交好的門派，為此亦不惜反臉成仇。

從公孫左足口中，他也知道自己眼見之事，不過是百十年來因著如意青錢而生的爭鬥其中之一而已，還有不知多少武林高手，為著這串青錢喪失性命，也還有不知多少至親好友，為著這串青錢彼此鉤心鬥角，反目成仇，甚至自相殘殺而死。這小小一串青銅制錢在武林中的誘惑，實在比百萬家財、如花玉人還來得強烈。

而此刻，這串被千千萬萬個武林豪傑垂涎不已、夢寐以求的如意青錢，卻正握在他手裡。他知道自己有了這串制錢，便可以學得一身足以傲視天下的武功，你若是一個淡泊而鎮靜的人，而此刻握有這串「如意青錢」的是你，那麼只怕你也無法不被這種心情激動，甚至比他此刻的激動還強烈吧？

良久良久，他突然想到自己身後還倒躺著一個中了劇毒的人，這人縱然不是他的朋友，他也不能將之棄而不顧。

於是他將自己飛揚起的思潮，一下截斷，俯身拾起了腳邊的這串青錢，謹慎地用手中的這方柔絹包好，謹慎地放入懷中的錦囊裡，伸手一拭面上的雨水，轉身將地上的白袍書生橫身抱起，目光四轉，辨了辨方向，移步向山下走去。

他知道這一段山路是極其漫長的，而在這一夜中，已經過了驚恐、悲哀、困惑——種種情感的折磨，以及疲勞、饑餓——種種肉體的困苦之後的管寧，面對著這一段漫長的山路，他本該會有些氣餒感覺，何況他懷中還抱著一個不知在何時受了劇毒，又不知在何時便會突然死去的人。

但奇怪的是，他此刻的腳步卻絲毫沒有沉重之態，情感的激動與興奮，使得他將這一切情感與肉體的折磨，全都不再放在心上，只是飛快地在滂沱大雨下，積水的山道上奔行著，一面卻仍在心中暗地思忖著那四句話。

「這四句話的意義究竟是什麼？第一句話的意義，是誰都能明瞭的，也是江湖中已有許多人知道的，那麼第二句話——」他極快地將「偽者非偽，真者非真」八個字又暗中默念一遍。

於是便又忖道：「這當然是說被江湖人認為是假的如意青錢，其實卻是真的，是以他便又說『真偽難辨，九一倒置』因為真的如意青錢其實一共有九串，而假的卻只有一串而已。」

一念至此，他忍不住長歎一聲，低喃道：「世上雖然多半是愚人，你又何苦如此來捉弄世人呢？」想到江湖上那些為這串青錢喪生，最後卻又將自己以生命換來的如意青錢拋棄的人，他的心中便不能自禁地泛起一陣憐憫的感覺。「世人多愚，我復愚人」，這是一種多麼奇怪而殘酷的意念，而又是一種多麼高傲而超然的意念呀。

他反覆吟詠著這其中不知包含了多少譏嘲之意的八個字，他便似乎也能瞭解到那位武林中的前輩異人，在擊敗了天下武林的所有高手後，突然覺得十丈紅塵，不過是一個非常寂寞的地方，便因之避到深山中，甚至避到窮荒去時的感覺：「芸芸世人，為什麼那麼愚蠢，我怎能將我這一身絕技，傳給這些愚蠢的人——」

管寧暗歎一聲，喃喃自語：「這，大概就是這位前輩那時心中的感覺了，是以他便將自己的一生武學絕技，用明礬一類的藥水，寫了九份，封在九串特異的制錢裡，然後，又做份假的，唉——他那時大概早已知道自己生前所布下的這個圈套，在自己死了之後，一定會有許多人愚味入其彀的，因之他縱然不能親眼看到，卻早已開始竊笑世人的貪婪與愚蠢。」

他又不能自禁地長歎一聲，接著忖道：「那些人在得到一串如意青錢之後，為什麼不去留意地察看一下其中的秘密，而只是亡命地去爭奪著，唉——活著的人，卻仍不免要受死去的人的愚弄，這也難怪他自傲於自己的聰明，而訕笑世人的多愚了，只是……」

他思路微頓，仰首望天，雨勢已漸漸小了，灰黑的蒼穹，像巨人的灰目，無言地俯視著大地，就有如一個睿智的帝王俯視著自己的子民似的，其中哪裡有半分輕蔑和訕笑的意味？

他又歎息著接著忖道：「聰明的人和愚昧的人，在永恆的天地之間，又有什麼不同的地方呢？你縱然是世上最聰明的人，但是，你又能得什麼？你難道能把你的驕傲與光榮帶到死中去，你若是常常自傲於自己的聰明，不也是和一個守財的富翁，吝嗇地鎖著自己的金錢一樣嗎？」

在這瞬間，這本世故不深的青年，像是突然瞭解了許多他本未瞭解的事，他也瞭解到世上最快樂的，便是愚昧的人。因為他毋庸忍受聰明人常會感覺到的寂寞，而他縱然常被人愚弄，但他也不會因之失去什麼，這正如愚弄別人的人，其實也不曾得到什麼一樣。

於是，他嘴角便不禁泛起一陣淡淡的笑容，又自低語道：「這大概就是為什麼有許多人會願意做一個愚人的理由吧！一個人活在世上，若是能夠糊塗一些，不是最快樂的事嗎？」

此刻他心中的想法，直到許久以後，終於被一個睿智的才子，用四個字說了出來，這四個字又直到許久以後，仍在人們口中流傳著。

這四個字，便是「難得糊塗」。

他忽而長歎，忽而微笑，心中也正是百感交集，激動難安，甚至連這滂沱的大雨是在什麼時候停止的，他都不知道。

直到陡斜的山路變為平坦，灰暗的雲層被風吹開，他抬起頭來，才知自己已經下了山。

山麓的柴扉內，推門走出一個滿頭白髮的樵夫，驚異地望著他，心中暗自奇怪，在這下著大雨的日子裡，怎會還有從山上走下的遊人？

等到這樵夫驚異的目光看到管寧懷中的傷者的時候，管寧已筆直地向他走了過去，而這老於世故的樵子已根本毋庸管寧說話，便已猜出這一身華服但卻狼狽不堪的少年的來意。

於是他乾咳一聲，迎上前去，問道：「你的朋友是否受了傷？快到我房裡來，還有，把你的濕衣服脫下來烤烤。」

管寧抬頭驚異地望了這老年樵子一眼，他所驚異的，是這老人說話用字的直率與簡單，對這自幼鼎食錦衣的少年來說，一個貧賤的樵夫直率地用「你」來稱呼他，確乎是件值得驚異的事。

可是，等到他的目光望到這樵夫赤紅而強健的筋骨、坦率的面容，他已不再驚異了。

因為他知道多年來的山居生活，已使這老年的樵子自然結合成一體，他既安於自己的貧賤，也不羨慕別人的富貴，就像這座蒼鬱雄壯的四明山似的，對於任何一個接觸到他的人，他都一視同仁，因之他也根本不問管寧的來歷，更不理管寧的善惡，只要是自己力量所能夠幫助的人，他便會毫不考慮地幫助。

這分寬宏的胸襟，使得管寧對自己方才的想法生出一些慚愧的感覺。

他便也坦率地說道：「多謝老兄。」將一切虛偽的客套與不必要的解釋都免去了。

柴扉內的房屋自然是簡陋的，但是簡陋的房屋，常常也有著更多的潔淨與清靜。許久許久以前，一個充滿智慧的哲人曾經說過：「有四個最壞的父親，卻生出四個最好的兒子，而另四個最好的母親，卻生出了四個最壞的女兒。」

這個哲人是個很會比喻的人，他這句話的含意，是說由簡陋生出的潔淨，由寂寞生出的理性，由折磨生出的經驗，失敗生出的成功，這是最壞的父親與最好的兒子。

而由成功生出的驕傲，由經驗生出的奸詐，由富貴生出的侈淫，由親密生出的輕蔑，這卻是最好的母親與最壞的女兒了。

驟雨過後，大地是清新而潮濕的，在這間潔淨的房間裡，管寧換去了身上的濕衣，坐在房間木床的對面，望著昏迷在床上的白袍書生，不禁又為之呆呆地愣住了，不知該如何是好。

那老年的樵夫雖然久居山麓，對山間的毒蟲蛇獸，都知之甚詳，但是他卻也無法看出這白袍書生受的是什麼毒，何時受的毒來。

因之他也沉默地望著這發愣的少年，並沒有說一句無用的話，哪知

——

柴扉外面，突然響起一個輕脆嬌弱的聲音，大聲叫著說道：「這房子裡有人嗎？」

管寧心中一跳，因為這聲音一入他之耳，他便知道說話的是誰了。

老年的樵夫目光一掃，緩緩說道：「有人，進來。」

語聲未了，門外便已閃入一條翠綠色人影，嬌軀一扭，秋波微轉，突地噗哧一笑，伸出纖手指著管寧笑道：「你怎地在這裡？」

管寧知道果然不出自己所料，由門外嬌喚著走進來的，正是自稱為「神劍」，又自稱為「娘娘」的少女。

因之他便頭也不回，只是沉聲說道：「怎地你也來了？」對於自己心念中時常懷念的人，人們有時卻偏偏壓抑自己的情感，這寧非是件極為奇怪的事？

只聽這翠裝少女竟又噗哧一笑，嬌笑著說道：「你來得，難道我就來不得嗎？」

目光一轉，突地瞥見床上的白袍書生，驚喚出聲：「怎地他也在這裡？」倏然掠了過去，喃喃自語：「他武功那麼高，怎地也會受了傷？」

一陣淡淡的香氣，混合在門外吹進來的風聲，於是這陣清新而潮濕的微風中，也有了些淡淡的香氣。

管寧微微偏了偏頭，目光便接觸到她那一身翠裝衣裳中的婀娜軀體，她的衣裳也有些潮濕了，因之她那婀娜的曲線，便顯得分外的觸目。管寧不敢再望這觸目的軀體，將目光收起，於是，他便看到她嬌柔的粉臉，也看到了她面上這種驚異的表情。

那老年的樵夫緩緩站了起來，對於這三個奇怪的客人，他雖然難免好奇，卻沒有追根問底、探究人家秘密的興趣。

因之，他緩緩走了出去，沉聲說道：「你們在這裡隨便歇息歇息，我去為你們整治些吃的。」

翠裝少女和管寧一齊回轉頭，一齊對他感激地微笑一下，等到他們的目光在轉回中相遇的時候，他們面上的笑容卻都隨著對方的目光凝結住了，他們彼此相視著，就像是這一生之中，他從未見過她，她也從未見過他似的。

但是，這陌生的一瞥中，又似乎有些曾相識的感覺，因之他的目光便凝結在她目光中，她的目光中也凝結在他目光中，彼此都像是在尋找著這種感覺的由來，呀，你若想將這種目光用言語描述出來，那卻該是一件多麼困難的事呀。

終於，他的目光緩緩避開了，雖然她是個女子，應避開目光的該是她，但是她卻仍然凝注著，直到他的目光移開，她的眼瞼方自不安地眨動了一下，低聲問道：「你的朋友是怎麼受的傷？」

他緩緩搖了搖頭，他之所以移開自己的目光，那是因他發覺自己的心情又起了一陣動盪，而他並不願意讓這分動盪在自己心裡留下太多的痕跡，也為了這個緣故，他此刻只是搖搖頭，沒有說話，因為這分動盪直到此刻還沒有平息。

這種矛盾而複雜的心情，是世間最最難以瞭解的情感，卻也是世間最最容易瞭解的情感，她輕輕地皺了皺眉，接著道：「他的傷像是很重嘛。」

管寧垂下頭，卻說出話來，他先沉聲說了句：「他中了毒！」然後便又將這中毒的人如何突然暈倒的情形，非常緩慢地說了出來。

在他說話的時候，她一面留意傾聽著，一面卻俯身查看著這白袍書生的面容，他說完了話，她淡淡一笑，道：「他若是中了毒，那倒不要緊……」

管寧抬起了眼光，筆直地望向她，卻見她又得意地笑了一笑，說道：「不相信是不是？你知道我是誰嗎？」

管寧搖了搖頭，極為簡單地說道：「不知道。」

這翠裝少女便輕輕歎了口氣，像是對他的孤陋寡聞頗表惋惜，然後突又揚眉一笑，嬌聲說道：「你年紀還輕，看來是個只會念詩聯對的公子哥兒，當然不會知道我的事，可是——」

她語聲一頓，說話的聲音突又高了起來，接著又道：「你若是到江湖中去打聽一下，黃山翠袖是誰，我相信沒有一個不知道。」

管寧雙目一張，脫口道：「你就是黃山翠袖？」這半日以來，他對武林中的成名人物，已知道許多，他知道羅浮彩衣、終南烏衫、武當藍襟……這些赫赫一時的人物，都像是以衣裳之別來做標誌，他也曾從公孫左足口中，聽到過「黃山翠袖」四字，知道黃山翠袖是和這些武林高手同負盛名的人物，此刻他聽到這少女竟是黃山翠袖，自然難免有些驚異。

翠裝少女輕輕一笑，輕輕說道：「黃山翠袖是我的師父。」

管寧凝視著她的神態，雖未笑出聲來，卻不禁長長地「哦」了一聲。翠裝少女嬌靨嫣紅，先前那種盛氣凌人的樣子，此刻便消失不少，比起管寧初見她時，她揚起眉毛，挺起胸膛稱「神劍娘娘」的樣子，那自然更不可同日而語了。

那老年樵夫遠遠站在門外，看到方才大聲嬌喚著走進去的少女，此刻竟默然垂著頭，不禁暗中一笑，自語著道：「看來這小丫頭是對這年輕人鍾情了。」

因為他老於世故，而老於世故的人常常會知道，當一個刁蠻的少女，在一個人的面前突然變得溫馴的時候，那就表示她對這個人已是芳心默許了。

這間小小的茅屋本是依山而建，一大一小，一明一暗，雖然簡陋，卻極牢固，由明間映入的天光，映在這滿頭白髮的老年樵子身上，此刻他正滿含喜悅之色，望著明間裡的一雙少年男女扮演著的一幕人間喜劇。

只見這翠裝少女垂首默然半晌，突地嚶嚀一聲，抬起頭來，嬌嗔著道：「你這人，總是不信我的話，就算我不能將你朋友的毒解去，可是不出半個月，我一定替你找到一個能解毒的人。」

管寧暗中一笑，忖道：「我又何曾說你不能解去此毒，你倒不打自招了。」目光轉處，只見白袍書生的面容，此刻竟已全都轉成金色，不禁長歎一聲，緩緩道：「只怕他再也難以挨過半個月了。」

翠裝少女輕輕一笑，道：「這個你不用著急，我自然有辦法。」

伸手一掠鬢髮，轉身從懷中掏出一個精緻小巧的玉盒來，纖指輕輕一按玉盒的邊沿，玉盒中便突地跳出一粒碧綠的丹丸，落到她奇白如玉的手掌中。

管寧生長在鐘鳴鼎食之家，自幼見到的珍奇玩物，何止千百，卻從未見過這玉盒一般精巧的東西，一時之間，望著這精緻的玉盒，不覺望得呆了，只聽這翠裝少女又自噗哧笑道：「你看什麼？」手腕一縮，將一雙似春蔥欲折的手，隱入袖裡。

管寧不禁為之面頰一紅，心中雖然委屈，卻又不能分辯：「我不是看你的手。」

翠裝少女轉身走到床前，含笑又道：「可惜你不是武林中人，不然你見著我手上的這粒丹丸，準會嚇上一跳——」

腕肘一伸，纖掌突地電射而出，在這白袍書生下顎一拍一捏，巧妙地將掌心的丹丸倒入他的嘴裡，翠袖微拂，轉過身來，若無其事地接著又道：「告訴你，現在我給你這朋友吃下的，就是名聞天下的黃山靈藥『翠袖護心丹』，這種藥要採集七十二種以上的靈藥才能煉成，煉的時候，又要耗去七十二天的時間。我師父煉它本來以為可以解救普天之下的所有毒性的，哪知煉好之後，才知道這種丹丸只能護心，對於解毒卻沒有什麼太大的效用，是以一共只煉一爐。」

管寧忍不住插口問道：「既不能解毒，為什麼還能稱得上是名聞天下的靈藥？」

翠裝少女掩口一笑，道：「我說你笨，你真是笨得可以，這丹丸雖然不解毒，但是只要有它，普天之下任何一種毒性便無法攻心，毒不攻心，中毒的人就不會死了。」

她語聲微微一頓，接著又道：「我師父以前一個最好的朋友在勾漏山中了『勾漏七鬼』的『七毒神砂』，我師父雖然將他救了出來，又費了千方百計，找齊了七種解藥為他療毒，可是等到解藥找齊的時候，他已經死了，我師父一怒之下，將勾漏七鬼殺死了一大半，可是人死不能復生，我師父雖然替他復了仇，心裡還是傷心得很——」

管寧心中一動，忖道：「此人想必是那黃山翠袖的愛侶了。」

卻聽這翠裝少女幽幽長歎了一聲，輕輕坐到床側，接著又道：「從此之後，我師父便走遍天下，想煉製一種能解天下萬毒的靈藥，但是普天之下，毒物何止百種，每一種毒，都只有一種解藥，你若將一百種毒物合在一處，製成的毒自然是奇毒無比，可是你要是將這一百種解藥合在一處製成的靈丹，卻未必有什麼靈效。是以天下能施毒的人雖多，能解毒的人卻少，而每一個以毒成名的武林高手，也只能解自己製成的毒性，若是他中了別人的毒藥暗器，一樣也是束手無策。四川唐門的毒藥暗器，垂名武林將近兩百年，盛名一直不墜，也是因為他們家裡的人所製成的毒藥暗器的解救方法，直到此刻為止，天下還沒有一個知道！」

她一口氣說到這裡，話聲方自微微一頓，管寧暗歎一聲，只覺這少女有時看來雖然天真無知，但對江湖中事，卻知道得不知要比自己多出若干倍，這些話從她口中說出，俱是管寧生平聞所未聞之事，只聽得他神馳意往，再也插不進一句話去。

翠裝少女稍微歇息一下，便又接道：「我師父後來煉成了這『翠袖護心丹』，雖然因為它不能解毒而灰心得很，可是武林中人知道了，卻將這丹丸看成無價之寶，為了此事，四川唐門，還特地派人送了一份厚禮到黃山來找師父，請師父不要將這種靈藥的秘方流傳到江湖中去。」

管寧劍眉一軒，脫口問道：「你師父可曾答應了嗎？」

翠裝少女輕輕一笑，道：「我師父沒有答應，可也沒有拒絕，這翠袖護心丹的藥方卻從此沒有流傳出去。因為我師父自從她的好友死了之後，便心灰意冷，再也不願牽涉江湖中的是是非非，何況我師父曾經告訴我，就算這藥方有人知道，可是也沒有人會花費這麼多的心機來煉，就算有人會煉，可是普天之下施用毒藥暗器的人，也不會讓他平平安安地煉好，說不定又要在江湖中掀起一陣風浪，藥還未必煉得成，與其如此，還不如將這藥方不說出來的好，反而能夠免去許多麻煩。」

管寧緩緩點頭，心中雖覺她們所說的話不無道理，可是卻也並不完全同意，沉吟半晌，忍不住又插口問道：「你說來說去，可是還是沒有將江湖中人將此藥視成至寶的原因說出來——」

他與這少女本無深交，然而此刻說起話來，卻像是多年老友似的，絲毫沒有虛偽客套，這雖與他自幼環境的薰陶而出的性格大不相同，但他說來卻毫不勉強，就生像是他對這少女以這種方式說話，本是順理成章之事。

翠裝少女秋波一轉，含笑又道：「你到底不是武林中人，所以聽到現在還沒有聽出來，這翠袖護心丹雖然不能去毒，卻能護心，無論中了何派毒物的人，只要服下一粒藥丸，那麼他所中之毒雖然未解，卻也不會死。」

管寧又不禁插口問道：「若是他一兩年還是不能尋得解藥呢？」

翠裝少女一笑道：「他一年尋不到解藥，這翠袖護心丹便能使他一年不死；他十年尋不到解藥，這翠袖護心丹便能使他十年不死；他一生尋不到解藥，這翠袖護心丹便能使他一生不死。但若毒性不除，他全身骨骼肌膚，為毒所侵，自然動彈不得，年代一久，他肌肉甚至會為之盡腐也說不定，是以這翠袖護心丹雖然靈妙，但終究還是要尋得解藥，才是解毒的根本之計。」

管寧長歎一聲，緩緩說道：「想不到，天下竟真有這種靈妙的藥物，難怪是那等珍貴的了。」

情。」

翠裝少女又自噗哧笑道：「我跟你說這些話，可不是要你承我的

緩緩回轉身去，朝床上的白袍書生凝注半晌，突地一皺黛眉，接著又道：「不過，你這朋友所中的毒可真厲害，直到此刻還沒有反應，真奇怪……他是在什麼時候中的毒呢？」

語聲未了，那老樵夫突地在門外輕咳一聲，緩步走進來，一面說道：「飯燒好了，你們吃不吃？」

他說起話來永遠是這麼簡單，讓你縱有心客套兩句也說不出來，何況管寧此刻早已腹饑如焚。

一餐既畢，管寧心念動處，忍不住又問道：「方才你與他本是一起去追那暗中發出暗器的人，他何時中毒，你本該知道的呀！」

翠裝少女放下手中竹筷，四顧一眼，那老年的樵夫已遠遠坐到門外，吸起旱煙來了。此刻暮色已起，晚霞如夢，他坐在門外，面對著如黛青山，滿天彩霞，意興彷彿甚是悠閒，似乎根本沒有將這一雙青

年男女的對話聽在耳裡。

她望著這悠閒的樵夫出了會兒神，突地回過頭來，緩緩說道：「要是叫你和這老頭子一樣，在深山裡悠閒度過一生，你願不願意？」

管寧微微一愣，不知道她為什麼突然說出這種話來，沉吟半晌，道：「此人與世無爭，淡泊名利，的確教人羨慕得很，但是他能有今日的心境，只怕也不是一年兩年能夠做到的事！」

翠裝少女輕輕一笑，垂下頭去，沉思半晌。落日的餘暉，映著她嬌美的笑靨，映著她一襲翠綠衣衫，剎那之間，管寧突然發覺這少女的刁蠻天真之中，像是還有許多心事。

於是自己的思潮亦不禁隨之翻湧而起，暗自感歎著世事之奇，確非人們能夠預料得到的。昨日此刻，他還是個一無煩惱的遊山士子，正自滿懷興奮地上四明山去尋覓詩中佳句，又怎會想到在這一日之間，自家竟會生出這麼巨大的變化，更不會想到此刻自己竟和一個素昧平生的絕色少女，像多年老友似的坐在這間低矮的茅屋裡，一齊感歎著人生的際遇了。

床上的白袍書生，呼吸突地由微弱變得粗重起來，但是在沉思中的管寧與這翠裝少女，卻根本全都沒有覺察到。

直到門外落日的餘暉暗淡了些，翠裝少女方自抬起頭來，輕輕一笑，道：「你方才問我什麼？」

這句話使管寧也從沉思中醒來，方待答話，哪知翠裝少女「哦」了一聲，接著說道：「我想起來了，你是問我追那兩個偷放暗器的人，結果怎樣是不是？唉——我告訴你，那才真是氣人呢，我一看到他們的人影，就追了下去，不是我在你面前自誇，我的輕功，在江湖中已可算是頂尖人物了……」

管寧忍不住微微一笑，暗道這少女的確是心高氣傲之人，處處忘不了替自己誇讚兩句。

翠裝少女秋波一瞪，嬌嗔道：「你笑什麼？我告訴你，江湖中以輕功成名的人我已會過不少，可是就連『雲龍九現』鄷子甲那號人物，對我都要服低，不然為什麼人家會叫我『凌無影』而不叫我本來的名字呢？」

管寧雖然與她交談許久，可是直到此刻才聽到她說出自己的名號，忍不住脫口道：「那麼你本來的名字是叫什麼？」

翠裝少女面頰又微微一紅，低聲道：「我本來叫作凌影，他們不過在中間加了個『無』字而已。」

要知當時女子親口說出自己的名字，本是不太輕易之事，管寧脫口問出之後，心中已有些後悔，生怕這嬌縱的少女會突然給自己一個難堪。哪知她竟如此柔順地說了出來，心神不禁為之一蕩，目光抬處，卻見她竟也在凝注著自己。

這一次兩人的目光相對，各自心中的感覺，已和方才大不相同。更不相同的是，他們目光一觸，這翠裝少女凌影便立將秋波轉了開去，生像是管寧此刻的目光和方才有些不同似的，這種微妙的變化，你在生命中若是也有過一段溫馨的往事，那麼你不用我說，便也能瞭解得到的。

管寧卻仍在呆呆地望著她，只見她微垂螓首，忽又一笑道：「我輕功雖……雖然不壞，可是在暗中偷放暗器的那兩條人影，輕功卻更高。我自入江湖以來，幾乎沒有看過能有一人輕功更高過這兩人的，只是我明知未必追得上他們，心裡仍不服這口氣，咬緊牙關，拚命地追了上去。」

管寧暗中讚歎一聲，這少女雖是女子，卻有男子漢的豪氣，可是在男子漢的豪氣之中，卻又不失其女子的嫵媚，這種女子倒真少見得很。

卻見她語聲稍頓，接道：「我施出全力，又追了一段，雖然沒有追上，但距離卻也沒有拉得太長，眼看前面絕壑深沉，似乎已到路的盡頭，呀……那時我心裡真是高興，這下子他們可逃不掉了吧！」

管寧劍眉微皺，沉聲道：「他們兩人輕功既然比你更高，而且又比你人多，你雖然追上了，又當怎的？」

凌影輕輕一笑道：「那時我可沒有考慮到這些問題，只想把他們追上，看看他們到底是誰，和我無冤無仇，為什麼要用那麼惡毒的暗器來偷偷打我。」

「哪知這兩條人影看看已走到絕路，其中一人突地手臂一揮，揮出一段長索來，另一人飛快地接到手裡，又是一揮，這條軟軟的繩竟被揮得伸了出去，而另一人竟借著這一揮之勢，掠過了寬度達五丈的絕壑，身影方自站定，手腕一拉，便將這邊的一人也拉了過去。這兩人不但氣功、輕功都妙到毫巔，而且兩人配合的佳妙，更是令人歎為觀止，就在眨眼之間，這兩人便都已掠過了絕壑。」

她一邊說著，還一面比著手勢，說到這裡，手勢一頓，長長歎了口氣，方自接著說道：「我站在一旁呆呆地看著這種驚人的身手，幾乎連腳步都忘記動作了，哪知——」

她話猶未了，肩頭突地被人輕輕拍了一下，她大驚之下，駭然回顧，卻見那老年樵夫正自望著她，沉聲笑道：「你話說得多了，可要喝些茶。」

凌影輕輕一笑，接過他手中的茶杯，望著這奇異的老人又自走出門外，半晌都沒有說出話來。

管寧卻在暗中忖道：「她本來極為自負自傲，可是卻對這兩人的武功如此稱讚，看來這兩人的武功必定是極高的了。」

心念一轉，又忖道：「那麼，難道這兩人便是那峨嵋豹囊，便是四明山莊中慘案的兇手？」

卻見凌影俯首沉思半晌，淺淺呷了口杯中的茶，接著又道：「我看著他們的背影正在發呆，哪知身後突地風聲微拂，一條白衣人影，電也似的從我身後掠到前面，掠到絕壑之邊，身形根本沒有停頓一下，雙臂微張，便自沖天而起。這一縱之勢，竟然高達三丈，我不禁為之脫口叫了出來。只見他身形凌空之後，突然轉折一下，頭下腳上，竟像一根箭似的朝對岸掠去，唉——」

她輕輕長歎一聲，接道：「我方道前面那兩人的輕功已妙到不可思議，哪知你這朋友的輕功更不知比他們高出多少倍。我望著他們的身影一個個在山蔭中消失，自知憑我自己絕對不能飛渡這片絕壑，便只好走了回來，哪知我追人的時候根本沒有留意方向，退回來的時候，竟然迷了路。」

她稍微變動一下坐的姿勢，又道：「我在深山裡兜了半天圈子，碰到大雨便又尋了個山洞躲了半天，等到雨停，我才找到正路下山，看到這裡有間茅——」

她正自娓娓而談，管寧正自凝神而聽，哪知她語聲竟突地一頓，就像是一匹在紡機上織著的紗布，突然被人切了一樣。

管寧心中一震，抬目望去，只見她常帶笑容的面靨上，突然露出一種驚恐的表情，不安地深深呼著氣，一面喃喃自語：「這是怎麼回事……」

突地長身而起，電也似的掠出門外。

管寧心中驚異交集，呆呆地愣了半晌，緩步走到門旁，卻見她又驚鴻般地掠了回來，暮色之中，她面上的驚恐之色像是越發濃厚，一言不發地掠回房裡，拔起了頭上的一根銀簪，輕輕向方才那老年樵夫好心送給她的茶水中一探——

剎那之間，她手中這根光亮的銀簪，竟突地變為烏黑。

管寧面容驟然而變，一個箭步，掠了過去，惶聲問道：「這杯茶裡有毒？」

凌影緩緩點了點頭，沉重地歎息一聲，頹然坐到床上。

管寧心中又急又驚，大喝道：「那老頭兒呢？」

轉身撲到門口，門外夜色將臨，晚霞已消，那老年樵子方才坐著的竹椅，還在門旁，但是他的人，卻不知走到哪裡去了。

這一日之間，他雖已經過許多次兇殺之事，但卻沒有哪一次比此刻更令他心亂的，惶急地撲到椅邊，一把拉住她的肩，惶聲又道：「你中了毒？」

凌影又自緩緩頷首道：「我中了毒。」

管寧長歎一聲，心中滿是自責自疚之意，不住頓足歎道：「我真該死，竟沒有看出這老匹夫居然是個歹徒，唉……這該如何是好，這該如何是好……」

凌影淒然一笑，道：「這又怎麼怪得了你？我也做夢都未想到這個老頭子會在茶水下毒，唉——我們不但和他素無冤仇，甚至連他是誰，我都不認識呀！」

管寧心神交急之中，突地心念一動，面上倏然泛出喜色，急聲道：「你趕快將那翠袖護心丹吃上一粒，然後我們再想辦法。」

他方才聽了這「翠袖護心丹」的妙用，此刻想到此物，心中便自一定。哪知凌影卻緩緩垂下頭去，生像沒有聽到他的話似的。嬌弱的身體，緩緩向後倒下，那一雙明如秋水的眼睛，也緊緊閉成一線——

暮風吹來，微有寒意。

管寧激靈打了個冷戰，雙手擱在她的肩頭，顫聲道：「難道那『翠袖護心丹』你盒中只有一粒？」

凌影無力地將身軀倚在他手掌上，仰面淒然一笑，緩緩點了點頭。此刻她已覺察到管寧對自己關切的情意，是那麼純真而坦率，因之她便也毫不羞澀地將身軀向管寧倚了過去。

人們的感情最最難以隱藏的時候，便是在患難之中，何況凌影此刻覺出自己的身軀，已因些許麻痹而變得全身麻木，她知道這種麻痹所象徵著的是什麼。因為她對毒藥知道得極多，普天之下的毒藥，無色無味，而又能使人在中毒之後片刻之間就全身麻痹的，本只寥寥數種，自己此刻顯然中了這種武林罕見的極毒之物，活命已多半無望了。

那麼，一個快將死去的人，又何須再隱藏自己的情感呢！

自從一見管寧，她心中便有了難以瞭解的微妙感覺，而此刻，這分難以瞭解的感覺已變得十分明顯了。

她抬起頭，突然想起一個風流的詩人曾經將聖人所說的「朝聞道，夕死可矣」，這句話變成：「朝聞愛，夕死可矣。」

於是她不禁又幸福地一笑，因為她雖然將要在黃昏中死去，卻已在清晨尋得了自己從未有過的愛情。

然而這笑容在管寧眼中，卻遠比世上最最淒慘的哭聲還要悲哀，他想到這少女竟將她身旁僅有的一粒靈藥，為著自己給了那白袍書生，而此刻等到她的性命需要這粒丹丸延續的時候，卻已無計可施了。

「那麼……」管寧黯然長歎一聲，說道，「我雖不殺伯仁，可是伯仁卻為我而死，唉——管寧呀管寧，你常常自命為大丈夫，可是此刻，你卻只得眼看著一個少女為著你而死在你的懷中。」

一念至此，他只覺自怨自疚之情，從中而來，不可斷絕。

就連他扶著凌影的一雙手掌，都不禁為之顫抖起來，因為除了這些感覺之外，更令他感動的是，這少女雖是為他而死，卻沒有半句怨言，他自幼即負才子之譽，平生受到的稱讚與愛護不知多少，可是像這種足以令他刻骨銘心的深情，他卻是有生以來第一次感受到。

凌影也感到他手掌的顫抖，她也體會到他此刻的心境。

於是，她強自淡然一笑，道：「你根本沒有江湖經驗，遇上這種事，上當還情有可原，可是我……我自命聰明，其實，卻是個最大的傻瓜！」

她微弱的語聲稍稍一頓，又道：「其實我本就早該看出那老頭子不是好人了，我方才在說話的時候，他走到我身後我還不知道，如果不是身懷絕技的人，又怎能做到呢？」

她雖想強顏歡笑，卻忍不住幽幽一歎，說道：「可是，你看我有多笨，我還是將那盞茶喝了下去，不過……」

話猶未了——

門外夜色之中，突地傳來一陣狂笑之聲，一人隨意作歌道：「壯志消磨已盡，恩仇何時可了，來也匆匆，去也匆匆，數十年有限年華，轉眼煙逝雲消，咄——去去，休休，說什麼壯志難消，說什麼恩仇未了，且將未盡年華，放蕩山水逍遙！」

歌聲高亢，裂石穿雲，前半段唱得悲憤高昂，有如楚王夜歌，後半段卻是字字句句俱都是發人深省的龍舟清唱了。

管寧呆呆聽著這歌聲，只聽得如癡如醉，竟忘了出去查看一下，這高歌狂笑之人，是否就是那詭異難測的老年樵子。

哪知歌聲一住之後，狂笑之聲又響，一個蒼勁清朗的口音，緩緩說道：「飯中半滴『七毒神水』，肩上一掌『赤煞毒掌』，茶中半份『追魂奪命散』！這一掌、一水、一散，件件皆是追魂奪命、見血封喉之物，你既是黃山翠袖的弟子，勢必也該知道。只是老夫二十年來，已將恩仇看淡，是以毒水只施半滴，毒掌未施毒力，只是稍作警戒，否則縱是大羅金仙，只怕也早已死了三次。」

這語聲略為一頓，又道：「你此刻身上雖有毒意，但甚是輕微，只要將老夫留在桌上的一服解毒散服下，半個時辰之內，便可無事。回去寄語黃山翠袖，就說昔年勾漏故人，雖未死去，卻已將恩怨仇殺之事忘得乾乾淨淨，你兩人年紀還輕，日後說話也得留意三分，否則，老夫若是當年脾氣，你兩人這一刻焉有命在！」

語聲亦如歌聲，字字聲如金石，只聽得管寧、凌影俱都目定口呆。

他話聲方了，凌影突地大喝一聲，長身而起，掠到門外，大呼道：「老前輩是誰？老前輩慢走！」

夜色之中，狂笑高歌之聲又起，歌道：「昔年逍遙鬼，今日采樵人，恩仇已忘卻，逍遙天下行！」

風聲如浪，樹聲如濤，歌聲卻漸行漸遠，漸遠漸低，漸低漸消，終歸寂靜，雖有嫋嫋餘音未絕，但轉瞬間亦被風聲吹盡。

凌影呆呆地站在門邊，心中竟不知是喜，是愁，是怒。

管寧卻在呆呆地望著門外的夜色，耳畔似乎還響著那高亢的歌聲，一時之間，心胸中但覺熱血沸騰，恨不得立刻追上這滿身俠骨崢嶸，滿腔豪俠氣的老人，向他說出自己心中的讚佩。

無言地沉默許久，管寧方自走到暗間，點起燈光，將一包壓在燭台下的藥散，取來與凌影服下。

藥散之中，微微有些苦澀之意，這苦澀的藥散被水沖入凌影口中，卻化作了滿心感激之情。

她目光凝睇管寧，幽幽歎道：「我只當勾漏七鬼俱是十惡不赦之徒，哪知其中竟有如此慷慨的奇人，唉——放下屠刀，立地成佛，這逍遙鬼雖未將仇人害死，卻換得仇人的滿心崇敬，這不是更好得多嗎？」

果然不出片刻，凌影身上的麻痹之意已盡消去，但躺在床上的白袍書生，卻仍昏迷未醒，管寧、凌影促膝對坐，經過了方才一段驚心動魄之事，使得他們彼此瞭解了對方的情感，此刻他們兩人心中，便不覺充滿了柔情蜜意。

燈光如豆，室中昏黃，管寧情不自禁地伸出手掌，握住凌影一雙纖纖玉手，兩人雖然無言相對，但這無聲的沉默，卻遠比有聲的言語還要珍貴得多，「此時無聲勝有聲」，這種超然的意境，又豈單只有那江州司馬才會領略？

夜色越來越濃，燈焰越來越淡，凌影抬頭輕輕問道：「你從哪裡來？想到哪裡去？」

管寧歎息一聲，暗問自己：「想到哪裡去？」

目光轉向凌影，凌影正默默地望著他，等待著他的回答，生像是在等待著他回答她需要知道的事。

於是他悄然放開了手，望著那如豆燈火，緩緩說道：「我出來已久，本來已該回家的，可是卻偏偏讓我遇著這麼多事，我若是將這些事都置之不顧，那麼非但我心不能安，只怕那些人也不會放過我，可是，唉——我若是不回家……」

他突然想起家裡還有許多等待著自己的人，也突然想起自己父母慈祥的笑容，一時之間，心胸間又被思親之情充滿。

凌影幽幽長歎一聲，垂首道：「你的家一定快樂得很，有爸爸、媽媽，唉——老天為什麼這樣不公平，讓一些人有溫暖的家，卻讓另一些人沒有家呢？」

管寧目光抬處，昏黃的燈光中，她面上的笑容又復隱去，長長的睫毛覆蓋的眼瞼下，似乎泛起了兩粒晶瑩的淚珠。

於是他忍不住又握住她的手，想對她說兩句安慰的話，可是他心中已有著一分濃重的憂鬱，卻又怎能去勸慰別人呢？

哪知凌影眨動一下眼睛，突地輕輕一笑，柔聲問道：「你的家在哪裡？」

第五章　恩情難了

管寧道：「北京，你去過北京嗎？那可真是一處好地方，雖然風沙吹在你身上，卻會使你感到溫暖，就像是……就像是慈母的手在輕輕撫弄著你的頭髮似的。」

此刻他心中滿是柔情蜜意，是以說起話來，言辭也像是詩句一樣。

凌影呆了一呆，喃喃自語：「慈母的手在撫弄著你的頭髮！呀……這是多麼美呀！可是……唉，我連這是什麼滋味都不知道。」

管寧心弦一震，暗道：「我怎地如此糊塗，偏偏要揭起人家心中的傷心之事。」

卻見凌影淒然一笑，又道：「我早就聽人說起北京城，可是總沒有機會去，喂，我陪你回北京城好不好，去看看你的家，然後……然後我們再一齊出來，來做你應該做而還沒有做的事。」

一面說著，一面她卻不禁垂下了頭，一朵紅雲，便又自她頰邊升起。

管寧只覺心中一甜，將自己的手掌握得更緊了些，輕輕問道：「真的？」

凌影的頭垂得更低了，此刻從她身上，再也找不出半分嬌縱刁蠻的樣子。她低低地垂著頭，望著自己的腳尖，輕輕回答：「你知道我不會騙你的，為什麼還要問我？」

於是，又是一陣幸福的沉默，又是一陣含情的凝睇。

很久很久，他們心裡都沒有去想別的事，但是昏迷著的白袍書生突地沉重地喘息一聲，這一聲喘息，卻將他們又驚回現實。

而憂鬱的凌影，此刻竟突又輕輕笑了出來，她眼睛明亮地眨動一下，似乎已忘記了自己悲慘的身世，笑著說道：「對了，到了河北，我還可帶你去找一個奇人，這位奇人不但武功極高，而且還是武林中有名的神醫，你朋友中的什麼毒，他也許能夠看出來，甚至能夠替他解毒也說不定──」

她語聲微頓，一笑又道：「當然我們要先回到你的家去，看看你爹爹媽媽，讓他們不要為你擔心。」

此刻，她就像是個溫柔的妻子似的，處處為他打算著。

管寧心中縱有千萬件困惑難解之事，但，在這似水的柔情中，也不禁為之渾然忘去，而換成無比幸福的憧憬。

於是他亦自柔聲說道：「我們可以叫輛大車，將他放在車上，然後，我們一人騎一匹馬，因為只有騎在馬上，才可以看到沿途的美麗風景──」

說到這裡，他突地想起和他一齊來的囊兒，突地想起了囊兒那一雙活潑而頑皮的眼睛，便不禁長長地歎息了一聲，道：「可惜的是，你沒有看到囊兒，你不知道他是一個多麼可愛的孩子……」

凌影暸解他的悲傷，也暸解真正的悲傷，不是任何言語能夠化解得開的，便默默地傾聽著他的話，傾聽著他敘述囊兒的可愛。

於是，她也瞭解到人們在傾述一個已經死去的人是多麼可愛的時候，他心裡該有一分多麼沉重的悲哀。

他們一齊走到床頭，俯視著猶自昏迷未醒的白袍書生，這一雙生具至性的少年男女，在為自己的幸福高興的時候，卻並未忘記別人的悲傷。他們都知道此刻躺在床上的人，不但有著一身驚人的武功，還一定有著一段驚人的往事，而此刻他卻只能無助地躺在床上，像是一個平凡的人一樣。因之，他們對他，便有了一分濃厚的同情心，雖然他們全都不認識，也不知道他不但武功驚人、往事驚人，而竟是當今武林中最最驚人的人物。

人是多麼奇妙，他們此刻若是知道他是誰，只怕不會再有這份濃厚的同情心。

北京城，這千古的名城，就像是一個大情大性、大哭大笑、大喜大怒、大飲大食的豪傑之士一樣，冬天冷得怕人，夏天卻熱得怕人。

管寧回到北京城的時候，秋天已經過去，漫天的雪花，正替這座千古的名城加上了一層銀白的外衣。

雖然雪花漫天，但是京城道上，行人仍然是匆忙的。

他們夾雜在匆忙的行人裡，讓馬蹄悠閒地踏在積雪的官道上，因為他們知道，北京城已將到了，又何須再匆忙？

穿著價值千金的貂裘，跨著千中選一的駿馬，伴著如花似玉的佳人，眼看自己的故鄉在望，呀——管寧此刻真是幸福的人，路上的人，誰不側目羨慕地向這翩翩公子望上兩眼。

而凌影呢？雖然是冬天，雖然吹送著漫天雪花的北風，吹在人身上已有刺骨的寒意，但是她的心，卻像是在春天一樣，因之她檀唇烘日，媚體迎風，含嬌細語，乍笑還嗔，也像是在春風中一樣。

車輪滾過已將凝結成冰的積雪，碾起一道細碎的冰花。

馬蹄踏在雪地上，蹄聲中像是充滿喜悅之意，突地——

凌影嬌呼一聲：「北京到了。」

管寧抬起頭，北京城雄偉的城牆，已遠遠在望，於是，便也喜悅地低呼一聲：「北京城到了！」

這漫長的旅途中，他雖享受了他一生之中從未享過的似水柔情，但是，夜深夢回，小窗凝坐的時候，他還是未能忘去四明山莊中，那一段血跡淋漓的淒慘之事，於是他小心地將那串如意青錢中的青錢摘下一枚，於是——

他開始更深切地瞭解，武學一道的深奧，絕不是自己能夠夢想得到的，自己以前所學的武功，在武學中不過是滄海一粟而已。

這枚青錢中的柔絹，絹上面寫滿了天下學武之人夢寐難求的內功奧秘，夜深之中，他像是臨考前的秀才似的，徹夜地研習著這種奧妙的內功心法。幸好他武功雖差，但也曾修習過一些內家的入門功夫，再加上他絕頂的聰明，因之他在研習這種奧妙的心法的時候，便沒有什麼困難。

一天，兩天……

白天車行不斷，旅途甚為勞碌，晚上他卻徹夜不眠，研習著武林中至深至奧的內功心法，奇怪的是，他日復一日、夜復一夜地如此勞碌，精神不但絲毫沒有睏倦，反而比以前更為煥發。直等到天氣很冷的時候，他終夜不眠，衣裳單薄地深宵獨坐，也沒感覺到有絲毫寒意。

因之他知道自己的辛勤沒有白費，也知道這串如意青錢之所以能夠被天下武林中人視為至寶，不惜以性命交換的原因了。

但是，在這漫長的旅途中，要向一個終日廝守，又是自己心目中所愛的人隱藏一件秘密，卻又是一件多麼困難的事。

他曾經不止一次，想把這件秘密說出來，說給凌影知道。

但他又不止一次地忍住了，因為他心底有一分自己不願解釋的恐懼，他生怕這串如意青錢會在他和凌影之間造成一道陰影，在這段漫長的旅途上，他曾經用了許多方法，向許多武林中人旁敲側擊地打聽，打聽的結果全都一樣，那就是多年以來，如意青錢是不祥之物的傳言，已在江湖中流傳很廣。

何況縱非如此，他也覺得不該將這件秘密說出來，因為她依然是自己最最親近的人，可是這一串如意青錢認真說來，此刻尚非自己所有，而他也立下決心，遲早一日，自己總該將它交回原主——公孫左足。他有時甚至會責備自己不該私自研習這如意青錢上的武功，但是一種無法抗拒的誘惑，卻又使得他為自己解釋：「這串如意青錢是在我交還給公孫左足之後，又被他拋在地上，我才拾到的呀。」

此刻，他望著北京城雄偉巍峨的城牆，一時又忘卻了這許多令他煩惱的事，他心中喜悅地感歎一聲，暗自忖道：「遊子，終於回到家了。」

抬目望處，北京城不正像已張開手臂，在迎接他的歸來嗎？

一進入城門，凌影不禁又為之喜悅地嬌喚一聲。滿天的雪花下，一條寬闊平直的道路，筆直地鋪向遠方，道路兩旁的樹木雖已凋落，但密枝虬幹，依稀仍可想見春夏之時，濃蔭匝地、夾道成春的盛景。

樹幹後面，有依次櫛比的店家，店門前多半掛著一層厚重的棉布門簾，一個手裡捧著一壺水煙、滿頭白髮如銀的老人，推著一輛上面放著一個紅色火爐的手車，悠閒地倚在虬結的樹幹上，吸一口水煙，便嘹亮地喊一聲：「烤白薯——」

嘹亮的喊聲，在寒風中傳出老遠，讓聽的人都不自覺地享受到一分熱烘烘的暖意。

這是一座多麼純樸、多麼美麗的城市，久慣於江左風物的凌影，驟然見著這城市，心胸中的熱血，不禁也隨著這老人純真簡單的喊聲飛揚了起來，飛揚在漫天的寒風的雪花裡。

這就是任何一個人初到北京的感覺，而千百年來，這分感覺也從未有過差異，就只是這匆匆一瞥，就只這一句純樸的呼聲，就只這一純樸的老人，已足以使你對北京留下一個永生難以磨滅的印象。

一輛四面嚴蓋著風篷的四馬大車，從一條斜路上急駛而來，趕車的車夫一身青布短棉襖，精神抖擻地揮動著馬鞭，突地一眼瞥見管寧，口中便立刻「嘚兒」呼哨一聲，左手一勒馬韁，馬車倏地停住，他張開大口哈哈直樂，一面大聲叫道：「呀，管公子，你老可回來啦！這不是快有兩年了嗎？噢！兩年可真不短呀，難為你老還記得北京城，還記得回來！」

管寧勒馬一笑，笑容中不禁有些得意，他心中想的卻是：「兩年來，北京城還沒有忘了我。」揚鞭一笑，朗聲說道：「飛車老三，難為你還記得我……」

語聲未了，馬車的風篷一揚，車窗大開，從窗中探出幾個滿頭珠翠的螓首來，數道拋波，一齊盯在管寧臉上，齊地嬌聲喚道：「管公子，真的是您回來了呀？可真把我們想死了。前些天四城的金大少、捲簾子胡同的齊三少爺還都在提著您哪！這些日子，您是到哪兒了呀，也不寫封信回來給我們，您看，您都瘦了，外面雖然好，可總比不上家裡呀！」

燕語鶯聲，頓時亂作一處，遠遠立馬一旁的凌影，看到眼裡，聽在耳裡，心中真不知是什麼滋味。幸好沒有多久，趕車的飛車老三揚鞭一呼，這輛四馬大車便又帶著滿車麗人絕塵而去。

於是，等管寧再趕馬到她身旁的時候，她便不禁星眼微嗔、柳眉重顰地嬌嗔著道：「難怪你那麼著急地要回北京城來，原來有這麼多人等你。」突地語聲一變，尖著嗓子道：「你看你，這麼瘦，要是再不回來呀，就要變成瘦猴子了。」

說到後來，她自己也忍不住噗哧一聲，笑出聲來，因為她此刻雖有妒意，卻不是善妒的潑婦，因之還能笑得出來。

就在這溫馨的笑聲中，他們又穿過許多街道，在這些街道上，不時有人向管寧打著招呼，有的快馬揚鞭、錦衣狐裘的京城俠少，聽到管公子回城的消息，也多快馬趕來，站在道旁，含笑敘闊，也有的輕袍緩帶、溫文爾雅的京城名士，和他對面相逢，便也駐足向他寒暄道：「管兄近來可有什麼佳作？」

凌影直到此刻，才第一次看到管寧真正的歡笑，她開始知道他是屬於北京城的，這正如北京城也屬於他的一樣。

終於，他們走入一條寬闊的胡同裡。（你若是不瞭解胡同的意義，我也無法向你解釋，因為那是很難找出一個相同的名詞的，但是我可以告訴你，「胡同」也是一種街道，就是和南方的「弄堂」，武漢的「里」，和此間的「弄」相似的街道。）

胡同的南方，是兩扇紅漆的大門，大門口有兩座高大的石獅子，像是終古都沒有移動似的，默默地相對蹲踞著。

凌影心念一動，暗忖道：「這就是他的家吧！」

她一路上都在幻想著自己走入他家時，該是一種什麼樣的心情，而此刻，已走到了他的家，不知怎地，她心中卻有了一種自慚形穢的感覺。這心高氣傲的少女走過許多地方，會過許多成名人物，但是她生出這種感覺此刻卻是生平第一次。

於是她躊躇地停下馬來，低聲道：「你回家吧，我在外面找個地方等你。」

管寧一愣，再也想不到此刻她會說出這句話來，訥訥說道：「這又何苦，這又何苦……我在家裡最多待個三五日，便和你一齊到妙峰山去，拜訪那位武林名醫，你……你不是和我說好了嗎？」

凌影微勒韁繩，心裡雖有許多話要說，可是到嘴裡卻一句也說不出來，緩緩伸出手，扶著身旁的車轅，這輛車裡正靜躺著那神秘而失去記憶的白袍書生，這武林一代高手，此刻卻連站起來都不能夠。

管寧一手撫摸著前額，一手握著淡青色的馬韁，他胯下的良駒也像是知道已回到故居之地，不住地昂首嘶鳴著。

驀地——

朱紅的大門邊一道側門「呀」地開了一半，門內傳出一陣嬌柔的笑語，隨之走出三五個手挽竹籃、紫緞短襖、青布包頭的妙齡少女來，一眼望見管寧，齊地嬌喚一聲，脫口叫道：「少爺回來了。」

其中一個頭挽雙髻的管事丫環，抿嘴一笑，聲音突地轉低，低得幾乎只有她自己聽見：「你路走得真慢，比管福整整慢了一個多月。」

管寧微微一笑，飛身下了馬，走到凌影馬前，一手挽起嚼環，再也不說一句話，向大門走了過去，馬上的凌影微啟櫻唇，像是想說什麼，卻又忍住了，默默坐在馬上，打量著從門內走出的這些少女。

而這些少女，也在呆呆地望著她，她們再也想不到，自家的公子會做人家牽馬的馬夫。

「這位姑娘是誰呢？」

大家心裡都在這麼想，管寧也從她們吃驚面色中，知道她們在想什麼，乾咳一聲，故意板起臉來，沉聲喝道：「還不快去開門呢！」

少女們齊地彎腰一福，雜亂地跑了進去，跑到門口，忍不住爆發起一陣笑聲，似乎有人在笑著說道：「公子回來了，還帶回一位媳婦兒，那可真漂亮著哪。」

於是朱紅的大門開了，公子回家的消息，立刻傳遍全宅，這富豪之家中上至管事，下至伙夫，就都一窩蜂似的迎了出來。

身世孤苦、長於深山的凌影，出道雖已有一段不短的時日，但所接觸的，不是刀頭舐血的草澤豪雄，便是快意恩仇的武林俠士。這些人縱然腰纏萬貫，但又怎能和這種世澤綿長的世家巨族相比。

是以她陡然接觸到這些豪富世家的富貴氣象，心中難免有些惶然失措，就生像是有一隻小鹿在她心中亂闖似的。

但是，她面上卻絕不將這種惶然失措的感覺露出，只是靜靜地站在一旁，看著這些家奴七手八腳地接著行李，七嘴八舌地問平安，有的伸長脖子往那輛大車中探視，一面問道：「公子，車子裡面是不是你的朋友？」

有的卻將目光四掃，問道：「囊兒呢？這小頑皮到哪兒去了？」

這一句問話，使得管寧從驟回故宅、歡會故人的歡樂中驚醒過來。

他心頭一震，倏然憶起囊兒臨死前的淒慘笑容，也倏然憶起他臨死前向自己說的話，低頭黯然半晌，沉聲道：「杜姑娘呢？」

站在他身旁的，便是被他打發先回家的管福，聞言似乎一愣，半晌方自會過意來，陪笑答道：「公子，你敢情說的是文香吧？」

他在奇怪公子怎會將一個內宅的丫環稱為「姑娘」，他卻不知道管寧心感囊兒對自己的恩情，又怎能將他的姐姐看成奴婢呢？何況從那次事後，他已看出這姐弟兩人屈身為奴，必定有一段隱情，而他們姐弟雖然對自己身世諱莫如深，卻也必定有一段不凡的來歷。

管寧微微頷首，目光四下搜索著，卻聽管福又道：「方才公子回來的時候，文香也跑了出去，站在那邊屋簷下面，朝這邊來，不知怎地，突然掩著臉跑到後面去了，大概是突然頭痛了吧？」

管寧嗯了一聲，心中卻不禁大奇，忖道：「她這又是為什麼？難道她已知道囊兒的凶訊？但是，這似乎沒有可能呀？她看不到弟弟，至少也該詢問才是。」

他心中又開始興起了疑惑，但是等到內宅有人傳出老夫人的話，讓他立刻進去的時候，他便只得暫時將心中的疑念放下。

慈親的垂詢，使得他飽經風霜的心情，像是被水洗滌了一遍。

這一對富壽雙全的老人，雖然驚異自己的愛子怎會帶回一個少女，但是他們的心已被愛子歸家的欣慰充滿，再也沒有心情去想別的，只是不斷地用慈藹聲音說道：「下次出去，可再不能一去就這麼久了，這些日子來，你看到些什麼？經歷過些什麼？嗯……讀萬卷書，行萬里路，年輕人出去走走也好，可是『親在不遠遊』，你難道都忘了嗎？」

管寧垂首答應著，將自己所見所聞，選擇了一些歡悅的事說了出來，他當然不會說起四明山莊中的事，更不會說起自己已涉入武林恩怨。

拜見過雙親，安排好白袍書生的養傷之處，又將凌影帶到後園中一棟精緻的房裡，讓她洗一洗多日的風塵勞頓。

然後他回到書房，找了個懂事丫環，叫她把杜姑娘找來。

他不安地在房中踱著步子，不知道該用什麼話說出囊兒的凶訊，又想起囊兒臨死之際還沒有說完的話，不禁暗自尋思：「他還有什麼要我做呢？不論是什麼事，我縱然赴湯蹈火，也得替他做好……」

喚人的丫環回來，卻沒有帶回杜姑娘，皺著眉說道：「她不知是怎麼回事，一個人關起房門躲在房裡，我說公子叫她，她也不理。」言下對這位杜姑娘大有責備之意，恨不得公子立刻叫管事的去痛罵她一頓才對心思。

管寧心中卻為之一凜，考慮一會，毅然道：「帶我到她房裡去。」

公子要親自到丫環的房間，在這豪富世家之中確是聞所未聞，就是管寧自己，走到她門口的時候，腳步也不禁為之躊躇起來，但心念一轉，又不禁長歎一聲，忖道：「管寧呀管寧，你在囊兒臨死的時候，曾經答應過他什麼話。他為你喪失了性命，你卻連這些許嫌疑都要避諱……」

一念至此，他揮手喝退了跟在身旁的丫頭，大步走到門口，伸手輕輕敲了敲門，莊容站在門外，沉聲說道：「杜姑娘，是我來了。」

夕陽將落，斜暉將對面屋宇的陰影，沉重地投到這間房門上來。

門內一個嬌柔的聲音，低沉著說道：「進來！」

管寧又躊躇半晌，終於推開了房門，艱難地抬起腳步，走了進去，若不是他生具至性，對「義」之一字遠比「禮」字看得重些，他便再也沒有勇氣跨入這間房門一步。

巨大的陰影，隨著推開的房門，沉重地壓入這間房中來。

房子裡的光，是暗暗的，管寧目光一轉，只見這杜姑娘正自當門而立，雲鬢鬆亂，星目之中，隱含淚光，身上竟穿的是一身黑緞勁裝，滿面淒惋悲憤之色，一言不發地望著自己。

他不禁為之一愣，哪知道杜姑娘突地冷冷一笑，緩緩道：「公子光臨，有何吩咐？還請公子快些說出來，否則……婢子也不敢屈留公子大駕！」

語聲雖然嬌柔，卻是冰冷的，管寧無可奈何地苦笑一下，沉聲道：「在下此來，確是有些事要告訴姑娘……」

他語聲微頓，卻見她仍然動也不動地站在門口，完全沒有讓自己進去的意思，便只得長歎一聲，硬著頭皮，將自己如何上了四明山，如何遇著那等奇詭之事，以及囊兒如何死的，一字一字地說了出來，說到後來，他已是滿身大汗，自覺自己平生說話，從未有過比此刻更費力的。

這杜姑娘卻仍然呆立著，一雙明眸，失神地望著門外，就像是一尊石像似的，面上木然沒有任何表情，心裡卻不知在想什麼。

管寧不禁從心底升出一陣寒意。這少女聽了自己的話，原該失聲痛哭的，此刻為何大反常態？

他心中怔忡不已，哪知這少女竟突地慘呼一聲，轉身撲到床邊的一個小几前面，口中不斷地低聲自語：「爹爹，不孝的宇兒，對不住你老人家……對不住你老人家……」

聲音淒慘悲憤，有如九冬猿啼。

管寧呆呆地愣了一會，兩顆淚珠忍不住奪眶而出，道：「姑娘……姑娘……」

可是下面的話，他卻不知該說什麼。

緩步走了兩步，他目光一轉，心中突又一怔，那床邊的小几上，竟放著一個尺許長的白木靈位，靈位上面，赫然寫著「金丸鐵劍杜守倉總鏢頭之靈」！而靈位前面，卻放著一盤金光閃爍的彈丸，和一柄寒氣森森的長劍。

暗淡的微光，照著這靈位、這金丸、這鐵劍，也照著這悲淒號哭的少女不住起伏的肩膀，使得這充滿哀痛之意的房間，更平添了幾許淒涼、森冷之氣。管寧只覺自己心胸之中，沉重得幾乎透不過氣，伸手一抹淚痕，沉聲低語道：「姑娘，囊兒雖死……唉，姑娘令尊的深仇，小可雖然不才，卻……」

他期艾著，心中思潮如湧，竟不能將心中的話說出來，但他此刻已經知道，這姐弟兩人的身上必定隱藏著一段血海深仇，而他也下了決心，要替他們讓這段深仇得報。

哪知這少女哭聲突地一頓，霍然站起身來，拿起几上的長劍，筆直地送到管寧面前。管寧失神地望著劍尖在自己面前顫動，也感覺到面前的森森劍氣，但卻絲毫沒有移動一下，因為這少女此刻縱然要將他一劍殺死，他也不會閃避的。

暗影之中，只見這少女軒眉似劍，瞪目如鈴，目光中滿是悲憤怨毒之色，管寧不禁長歎一聲，緩緩地道：「令弟雖非在下所殺，但卻實因在下而死，杜姑娘若要為令弟復仇，唉——就請將在下一劍殺卻，在下亦是死而無怨。」

他自忖這少女悲憤之中，此舉必是已將囊兒慘死的責任怪到自己身上，哪知他語聲方了，眼前劍光突地一斂，這少女手腕一抖，長劍凌空一轉，打了個圈子，突然伸出拇、食兩指，電也似的捏住劍尖，這長劍竟變成劍柄在前，劍尖在後。管寧怔了一怔，只見這少女冷哼一聲，卻將劍柄塞在自己手裡，一面冷笑著道：「我姐弟生來苦命，幸蒙公子收留，才算有了托身之處，囊兒慘死，這只怪我不能維護弱弟，又怎能怪得了公子？」

她語句雖然說得極為淒婉，但語聲卻是冰冷生硬的，語氣中亦滿含憤意，管寧不禁又為之一呆，他從未聽過有人竟會用這樣的語聲、語氣，說出這樣的話來。

只聽她語聲微頓，竟又冷笑一聲，道：「只是杜宇卻要斗膽請問公子一句，我那苦命的弟弟是怎樣死的？若是公子不願回答，只管將杜宇也一併殺死好了，犯不著……犯不著……」說到此處，她竟又忍不住微微啜泣起來，下面的話，竟不能再說下去。

管寧不禁大奇，不知道她怎會說出這樣的話來，沉吟半晌，沉聲道：「令弟死因，方才在下已告知姑娘，此事在下已是負疚多多，對姑娘所說，怎會有半字虛言？姑娘若是……」

他話猶未了，這少女杜宇卻竟又冷笑接口道：「公子是聰明人，可是卻未免將別人都看得太笨了，公子既然想幫著她將我們杜家的人都斬草除根，那麼……那麼又何必留下我一個苦命的女子，我……我是心甘情願地死在公子手上……」

手腕一送，管寧連退兩步，讓開她筆直送到自己手上的劍柄，呆呆地望著她，只見她面上淚痕未乾，啜泣未止，但卻又強自將這分悲哀，隱藏在冷笑中，她為什麼會有這種神態呢？管寧只覺自己心中思潮糾結，百思不得解，不禁暗問自己：「『她』是誰？為什麼要將杜家的人斬草除根？」

抬目望去，杜宇也正瞬也不瞬地望著自己，她一雙秋波中，竟像是纏結著不知幾許難以分化的情感，不禁長歎一聲，沉聲說道：「姑娘所說的話，在下一句也聽不懂，只是在下卻知道這其中必定有一段隱情，姑娘也必定有一些誤會，姑娘若信得過在下，不妨說出來，只要在下有能盡力之處，唉——剛才在下已說過，便是赴湯蹈火，亦是在所不辭的。」

杜宇星眸微閃，卻仍直視在管寧面上，像是要看透他的心似的。良久良久——她方自一字一字地緩緩說道：「囊兒是不是被那和你一齊回來的女子殺死的？」

語聲之緩慢沉重，生像是她說出的每一字，都花了她許多氣力。

管寧心中卻不禁為之一震，脫口道：「姑娘，你說的是什麼？」

杜宇目光一轉，又復充滿怨毒之色，冷哼一聲，沉聲說道：「她叫凌影——」

語聲一頓，瞪目又道：「是不是？」

「凌影」這名字出自杜宇之口，聽入管寧之耳，管寧不禁激靈靈打了個冷戰，只覺杜宇在說這名字的時候，語氣中之怨毒之意，沉重濃厚，難以描述，心中大驚忖道：「她怎的知道她的名字？」

這第一個「她」指的是杜宇，第二個「她」字，指的自然是那已和他互生情愫的凌影了。

心念一轉，又忖道：「難道她與她之間，竟有著什麼仇恨不成？」

目光抬處，只見杜宇冷冷地望著自己一字一字地接著又自說道：「你知不知道她是誰？」

管寧茫然地搖了搖頭，杜宇冷冷又道：「她就是殺死我爹爹的仇人——也就是殺死囊兒的人——是不是？」

這三句話的語氣越發沉重緩慢，管寧聽來，只覺話中句句字字都有如千斤鐵錘一般擊在自己心上，只聽她冷冷再說了一遍……

「是不是！」

他又自為之一震，脫口道：「令弟確非她所殺……令弟怎會是她所殺……她怎麼殺死囊兒……」此刻他心中紊亂如麻，竟將一句意義相同的話，翻來覆去地說了三次。

杜宇突地淒然一笑，無限淒婉地說道：「你又何必再為她隱瞞？我親眼見她殺死了爹爹，雖非親眼見她殺死囊兒，但——」

管寧定了定神，知道自己若再如此，此事誤會更深，乾咳一聲，截斷了杜宇的話，一挺胸膛，朗聲說道：「管寧幼讀聖賢之書，平生自問，從未說過一句欺人之話，姑娘若信得過管寧，便請相信令弟確非她所殺死——」

杜宇微微一愣，只覺面前這少年語氣之中，正氣凜然，教人無從不相信他說的每一句話，目光一垂，低聲道：「真的？」

管寧堅定地點了點頭，又自接道：「至於令尊之死——唉，她年紀尚輕，出道江湖也沒有多久，只怕姑娘誤認也未可知。」

他一歎之後，說話的語氣，便沒有先前的堅定，只因他根本不知其中的真情，說話便也不能確定。

杜宇雙目一抬，目光連連閃動，淚光又復瑩然，猛聽「嗆啷」一聲，她手中的長劍已落到地上。

暮色已重，房中也就更為陰暗，她呆呆地佇立半晌，忽地連退數步，撲地坐到床側，凝目門外沉重的陰影，淒然一歎，緩緩說：「七年前一個夏天的晚上，爹爹、囊兒和我，一齊坐在紫藤花的花架下面，月亮的光，將紫藤花架的影子，長長地映在我和爹爹身上，媽媽端了盤新開的西瓜，放在紫藤花的架子上，晚風裡也就有了混合著花香瓜香的氣味。」

管寧出神地聽著，雖然不知道這少女為什麼突然說出這番話來，但卻只覺她話中充滿幸福柔情、天倫的樂趣，他雖然生長在豪富之家，父母又對他極為鍾愛，但卻從未享受過這種溫暖幸福的天倫之樂，一時之間，不覺聽得呆了。

只見杜宇仍自呆呆地望在門外，她似乎也回到七年前那充滿柔情幸福的境界中去了，而將自己此刻的悲慘之事暫時忘去。

一陣暮風，自門外吹來，帶入了更沉重的暮色。管寧目望處，卻已看不清杜宇的面目，只見她斜斜倚在床沿的身軀，像是一隻柔馴的貓一樣，心中不禁一動，立刻泛起了另一個少女那嬌縱天真的樣子，卻聽杜宇已接著說道：「我們就慢慢地吃著瓜，靜聽著爹爹為我們講一些他老人家當年縱橫江湖的故事，媽媽靠在爹爹身上，囊兒靠在媽媽身上，大大的眼睛閉了起來，像是睡著了，爹爹就說，大家都去睡吧，哪知道……哪知道……唉——」

她一聲長歎，結束了自己尚未說的話。管寧只覺心頭一顫，恨不得立刻奪門而出，不要再聽她下面的話。因為他知道她下面要說的話，必定是一個悲慘的故事，而生具至情至性的他，卻是從來不願聽到世上悲慘的事的。

但是他的腳步卻沒有移動，而杜宇一聲長歎之後，便立刻接著說道：「哪知爹爹方自站起身來，院子外面突然傳來冰冰冷冷的一聲冷笑，一個女人的聲音緩緩道，『杜……』」

她沒有將她爹爹的名諱說出來，輕輕咬了咬嘴唇，才接著說道：「那個女人說要爹爹快些……快些去死。我心裡一驚，撲到爹爹身上，爹爹站在那裡動都沒有動，只輕輕摸了摸我的頭，叫我不要害怕，但是我卻已感覺到爹爹雙手已有些顫抖了。」

她眼瞼一合，想是在追溯著當時的情況，又像是要忍著目中又將流下的淚珠，管寧也不禁將心中將要透出的一口氣，強自忍住，像是生怕打亂她思潮，又像是不敢在這沉重的氣氛中，再加上一份沉重的意味似的。

杜宇又自接道：「這聲音一停，許久許久都沒有再說話，爹爹一面摸我的頭，一面低聲叫媽媽快將我和囊兒帶走，但是媽媽不肯，反而站在爹爹身旁，大聲叫院子外面的人快些露面——你知不知道，媽媽的武功很好——」

她語聲一頓，淒然一笑，像是在笑自己為什麼說出這種無用的話來。

但是她這一笑之中，卻又包含著多少悲憤哩。

只聽她沉重地喘息幾聲，又道：「哪知媽媽的話還沒有說完，院子外面突地吹進一陣風，院子裡就多了兩條人影，那天晚上，月光很亮，月光之下，只見這兩人都是女的，一個年紀大些，一個卻只有我一樣的年紀，兩人都穿著一身綠色的衣裳，我一眼望著牆外，可是卻也沒有看清她們兩個人是怎麼進來的。」

管寧心中一寒：「綠色衣裳！」

只聽杜宇一口氣接道：「爹爹一見了這兩人，摸在我頭上的手抖得像是更厲害了，但仍然厲聲道，『翠袖夫人，來此何干？』那年紀很小的女子冷冷一笑，從懷裡拿了個黑黑的鐵彈出來，砰地拋在地上，一面冷冷地說道，『我叫凌影！』爹爹見了鐵彈，聽了這名字，突然一言不發將我舉了起來，往外面一拋，我又驚又怕，大叫了起來，身不自主地被爹爹拋到牆外。」

管寧忍不住驚呀一聲，杜宇又道：「爹爹這一拋之力，拿捏得極有分寸，再加上我也練過些武功，是以這一跤跌得根本不重，我立刻爬了起來，哪知道又是咚的一聲，囊兒也被拋了出來，被拋在地上，那時他年紀極小，只學了些基本的功夫，這一跤卻跌得不輕，馬上就放聲大哭起來，而院子裡卻已響起爹爹媽媽的叱呵聲和那女子的冷笑聲。我想跳進牆去，但囊兒怕得很厲害，我那時心裡亂得不知怎麼才好，想了想，就先扶起囊兒叫他不要哭，然後就拉著他一齊跳進院子裡。」

此刻她說話的語聲仍極緩慢，但卻沒有停頓，一口氣說到這裡，管寧只道她還要接著說下去，哪知她一頓，隔了許久，卻又失聲哭了起來。

然而，她縱然不說，管寧卻已知道她還沒有說完的故事。

一時之間，他木然而立，只覺自己全身都已麻木，再也動彈不得，更不知道自己該說什麼話。

夜色已臨——

這豪富之家的四周，都亮起了燈火，只有這個角落，卻仍然是陰黯的，而那白楊木製的靈牌，在這陰暗的光線中，卻更為觸目。

這觸目的靈牌，在管寧眼中，像是一個穿著白袍的鬼魅精靈似的，不停地晃動，不斷地擴大，縱然他閉起眼睛，它卻仍然在他眼前。

而杜宇的哭泣之聲，生像是變成了囊兒垂死的低訴——

此刻他也了解囊兒垂死前還未說完的話，他知道囊兒要說的是，要自己為他爹爹復仇，不禁迷茫地低喟道：「他為我死了……我又怎能拒絕他臨死前的請求呢？何況……何況我已立誓答應了他。」

但是，這仇人，卻是曾經給了他無數溫情、無限關懷、無比體貼的人，若是老天一定叫他們之間的一人去死，他一定毫不考慮會選擇自己，而此刻，為著道義、為著恩情、為著世間一切道德的規範，他都該去殺死她，他！他該怎麼辦呢？

他望著地上的長劍，又一次陷入無限的痛苦之中。杜宇緩緩地抬起頭來，任憑自己的淚珠，沿著面頰流下，抽泣著道：「我不說，你也會知道，就在那短短的一刻之中，她們已殺死了我爹爹和媽媽，自此，我雖然沒有再見過她們一面，可是她們的面容，我卻一輩子也不會忘記的，一輩子也不會忘記的——」

最後的一句話，雖只短短數字，然而在她口中說來，卻生像是有十年那麼長久，等到她將這句話再重複一遍的時候，管寧只覺身上每分每寸的肌膚，都為之凍結住了，幾乎無法再動彈一下。

他垂下頭，再抬起來，黑暗中的人影，仍然靜靜地坐在床側，就生像是在等待著他的回答一樣。

但是，他卻不知道自己該回答什麼！

兩人面面相對，雖然彼此都看不清對方的面容，但卻聽到對方的呼吸、心跳之聲，只因此刻在斗室之中，正是靜寂如死。

但是——

房門外突地滑進一條人影，有如幽靈一般的漫無聲息，腳步在門側一頓，突又掠起如風，倏然滑向管寧身側，手掌微拂，纖纖指尖在管寧腰畔「期門」穴上輕輕一掃，掌勢回處，卻托在管寧肋下，身形毫不停留，竟托著管寧掠向牆邊，輕輕放在一張靠牆的椅上。

這一切事的發生，確是霎眼間事，管寧只覺眼前人影一現，腰畔一麻，便已坐到椅上，等到他想驚呼反抗的時候，他已發覺自己不但真的無法再動彈一下，而且甚至連出聲都不能夠了。

杜宇一驚之下，長身而起，脫口驚呼道：「你是誰？」

暗中的人影冷冷一笑，緩緩道：「你連我是誰都認不出了嗎？你不是說我的面容你一輩子都不會忘記嗎？」

杜宇面容驟變，後退一步，卻又碰到床沿，撲到床上，隨又長身而起，一個箭步，掠出五步，疾伸雙手，拾起了地上的長劍，手腕一抖，腳步微錯，目光筆直地瞪向仍然依牆而立的人影，大聲道：「你是凌影！」

黑暗中人影冷冷一笑，緩緩道：「不錯，我就是凌影！就是殺死你爹爹的人。」

杜宇失聲一喊，纖腰微扭，劍尖長引，突地一招「長河出蛟」，黑暗中猶見寒光的長劍，便電也似的向凌影刺去。

凌影輕輕一笑，腳步微錯，婀娜身影，便曼妙地避了開去，杜宇劍勢未歇，「撲」地刺到牆上，凌影又自冷冷笑道：「就憑你這點武功，要想報仇，怕……哼哼，還嫌太早哩！」

杜宇此刻目眥欲裂，早已忘記自己是個女孩子，扭身撤劍，唰唰又是兩招，口中大罵道：「你這賤人……你這賤人……快賠我爹爹的命來！」

縱然如此，惡劣之言，她卻還是說不出口，一連說了兩聲「你這賤人」，才將下面的話說了下去。

剎那之間，她已電射般發出數招，「金丸鐵劍」杜守倉昔年主豫南「大甲鏢局」，劍法暗器，一時頗負盛名，此刻杜宇急怒悲憤之下，所施展的劍法，雖仍功力稍弱，但卻已頗有威力。

哪知凌影卻將這有如長河出蛟、七海飛龍的劍法，視如兒戲一般，口中冷笑連連，身形騰挪閃展，在這最多丈餘見方的小室中，竟施展出武林中最上乘的輕功身法，將招招劍式都巧妙地避了開去。

管寧穴道被點，無助地倒在椅上，只見眼前劍光錯落，人影閃動，根本分不清誰是杜宇，誰是凌影！卻知道這兩人其中之一，毋庸片刻，便會倒下一個，而這兩個不共戴天的女子，卻是一個對他有恩，一個對他有情！

一時之間，他但覺心中如煎如沸，恨不得自己能有力量將她們制止，但他此刻卻有如泥塑木雕，除了眼睜睜地看著她們動手之外，便根本沒有其他辦法。

突地——

又是「嗆啷」一聲，杜宇手中的長劍，竟又落在地上。

只是這次卻並非因她自己心中激動，而是因為凌影一招「金絲反手」，令她無法抵擋。

她驚呼一聲，連退三步，哪知面前的凌影，卻如影附形般迫了上來，手掌一伸，眼看明明是拍向她的胸膛，她舉手欲架，哪知腰畔卻已一麻，原來凌影的手已又先點在她的「期門」穴上。

冷笑道：「你也躺下吧。」

腳步微伸，雙手微托，身軀一轉，竟將她也托在管寧身側坐下，拍了拍兩人的膝頭，忽地低聲唱道：「排排坐，吃果果，好朋友，真快樂……」

唱的雖是兒歌，但歌聲之中，卻有無比的寂寞淒涼之意，唱到後來，竟亦自低聲地啜泣起來。

管寧只覺心中彷彿無數浪濤洶湧，一浪接著一浪地湧向他心的深處，又像是有無數塊巨石，一塊接著一塊地投向他心的深處。

他但願自己能大聲呼喊出來，更希望自己能跳起來，捉住凌影的手掌，只見凌影低低地垂著頭，低低地啜泣半晌，突地抬起頭，望向杜宇，道：「你剛才說了個故事給別人聽，現在我也說個故事給你聽——」

她語聲停頓了許久，方自接道：「從前，有個女孩子，當她很小很小的時候，她爹爹就被一個叫『金丸鐵劍』的人殺死了，那只是因為她爹爹的名字叫作『鐵丸金槍』，而那『金丸鐵劍』卻認為這犯了他的忌諱。」

管寧頭不能動，口不能言，眼珠卻向旁邊一轉，但卻仍看不到杜宇面上的表情，不禁心中長歎，忖道：「原來此事其中還有如許曲折——」

卻聽凌影已接道：「這小女孩子運氣不好，連個弟弟都沒有，一個人孤苦伶仃，到處要飯要了許久，才遇著一個女中奇人，把她帶回山，傳給她一身武功，而且替她報了殺父的深仇，只是她因為那金丸鐵劍沒有將自己殺死，所以她也就放了杜守倉的一雙兒女的生路。」

她語聲一頓，突地轉向管寧，大聲道：「你說，她是不是該報仇的，你說，你若是她的兒女，你該怎麼辦？哼哼——只怕你此刻真的連杜守倉的兒女也一齊殺死了。」

管寧呆呆地望著她，心裡也不知是什麼滋味，只見她的一雙眼睛，在黑暗中有如兩粒明星，一閃一閃地發著光。

哪知，這明星般的眼睛突然一閉，她竟突地幽幽長歎了一聲，緩緩道：「但是，她沒有這樣做，因為她怕這樣做，會傷了另外一個人的心，這個人為了報恩，雖然想為杜守倉的女兒殺死她，但是她卻一點也不恨這個人，因為……唉，我不說這個人你也該知道。」

管寧只覺耳畔轟然一聲，那一浪接著一浪的浪濤，一塊接著一塊的巨石，此刻都化作一股無可抗拒的力量，向他當頭壓了下來。

而杜宁呢？她更不知道自己心中是什麼滋味，卻聽凌影長歎一聲，又道：「她雖然脾氣很壞，也不是好人，但是現在她卻讓自己的仇人，和自己……自己最最喜歡的人坐在一起，而她自己卻立刻要走了，走到……很遠……很遠的地方，這為了什麼……這為了什麼……她自己也不知道。」

她說到一半，已又開始啜泣，說到後來，更已泣不成聲，語聲方了，突地雙手掩面，轉身奔到門口，腳步突又一頓，緩緩回過身來，緩緩走到管寧身前，緩緩垂下頭，含淚說道：「我點了你的穴道，是因為怕你在我和她見面的時候，你難以做人；我還不解開你的穴道，是因為我想要你和她多坐一會兒，你……你知道嗎？」

狠狠一頓腳，電也似的掠到門口，轉瞬便消失在門外的黑暗裡，只留下她悲哀啜泣之聲，彷彿在管寧耳畔飄蕩著。

這是一份怎麼樣的情感，又使管寧心中生出怎麼樣的感覺？

我無法描述這些，因為世間有些至真至善至美的情感、事物，本都是無法描述的，你能夠嗎？

現在，管寧和杜宇，又一次可以聽到彼此心跳的聲音了。而杜宇，卻恨不得自己的心立刻停止跳動才好，她不能忍受這份屈辱，更不能接受這份施捨的恩惠，她在心中狂喊道：「你為什麼不殺了我！」

又不禁在心中狂喊道：「總有一天，我會殺了你！」

只是她此刻根本無法說話，她心中的狂喊，自然也不會有人聽到。

門外夜色深沉處，忽地飄下數朵純白雪花，轉瞬之間，漫天大雪便自落下，寒意也越發濃重，然而這侵人刺骨的寒意，管寧卻一絲也沒有覺察到。此刻，他的四肢、軀體，都似已不再屬於他自己，只有腦海中的思緒，仍然如潮如湧，還有一陣陣微帶甜意的香氣，也像是他腦海中的思潮一樣，不斷地飄向他的鼻端。

雖然他的四肢軀體已因穴道的被點而麻痹，而這種麻痹，又使他無法感覺到任何一種加諸他身體的變化，但奇怪的是，他卻仍可感覺到此刻緊靠在他身畔的，是一個柔軟的軀體，他也知道這柔軟的軀體，和那甜甜的香氣，都是屬於杜宇的。

他想將自己的身軀移開一些，但是「黃山翠袖」的獨門點穴名傳天下，那凌影所施的手法雖然極為輕微而有分寸，卻已足夠使得他在一個對時之中，全身上下都無法動彈一下。

因之，此刻他便在自己心中已極為紊亂的思緒之中，又加了一種難以描摹的不安之感，在如此黑暗的靜夜之中，和一個少女如此相處，這在管寧一生之中，又該是一個多麼奇怪的遇合呀！

他聽得到她呼吸的聲音，她又何嘗聽不到他的？兩人呼吸相聞，軀體相接，想到方才那凌影臨去之前所說的話，各自心中，都不知是什麼滋味。杜宇悄然閉起眼睛，生像是唯恐自己的目光，會將自己心中的感覺洩露一樣。

因為她自己知道，當自己第一眼見著這個倜儻瀟灑的少年，便對他有了一分難言的情感，這種情感是每一個豆蔻年華的懷春少女心中慣有的秘密，而她卻忍受了比任何一個少女都要多的痛苦，才將這分情感深深地隱藏在自己心裡。

許多日子來，她甚至連看都不敢看他一眼，她將他看成一株高枝修幹的玉樹，而自己僅是一株托庇在樹下的弱草而已，這種感覺自然是自憐而自卑的，然而，卻已足夠使她滿足，因為她畢竟在依靠著他，而他也允許她依靠。

管寧出去遊歷的時候，她期待著他回來。

於是，當她知道他已回來的時候，她便忍不住從院中悄悄溜出來，只要他對她一笑，已足以使她銘心刻骨。

但是——

他的確回來了，卻帶回了一個美麗的少女，她看到他和這少女親密的神情，也看清了這少女竟是她不共戴天的仇人，呀——這是一分多麼難以忍受的痛苦，她險些暈厥在她所佇立的屋簷下！

回到她獨居的小室，取出她父親的靈位和遺物，換上她僅有的一身緊身服裝，跪在她爹爹的靈位前痛哭默禱，她雖然未嘗有一日中斷自己武功的鍛鍊，但是她仍然十分清楚地知道，自己絕非人家的敵手，只是，這卻也不能阻止她復仇的決心。

哪知——

他卻突然來了，此後每件事的發生與變化，都是她事前所沒有預料到的，而此刻，她被她不共戴天的仇人安排和他緊緊坐在一起，她心裡雖然悲憤、哀傷、痛苦，卻還有一分其他的感覺。這種感覺便就是她不敢洩露出來的——她多麼願意自己能永遠坐在他的身畔，一齊享受這份黑暗、寒冷，但卻美麗的寧靜！他雖然絕頂聰明，卻再也想不到她心中會有這種情感，他只是在想著凌影臨去時的眼波與身影，一幕幕記憶猶新的往事，使得這眼波與身影在他心中的分量更形沉重，他又怎會想到四明山莊小橋前的匆匆一面，此刻竟變成永生難忘的刻骨相思。

一陣較為強烈的風，捲入了數片雪花，門外靜靜的長廊上，突地響起一陣輕微的腳步聲，一個嬌柔的聲音低低呼喚著：「公子……公子……」

管寧雙目一張，抬頭望去，只見門外黑暗之中，彷彿有了些許微光，這呼喚之聲，也越來越近，他知道這是家中的丫頭來尋找自己了。

微光越來越亮，呼喚之聲也越來越近，管寧心中又是高興，卻又有些難堪。

「她們若是見了我和文香這樣坐在一起，又會如何想法？」

哪知，呼喚之聲、腳步之聲，突地一齊頓住，那聲音卻低低說道：「前面是文香的房間了，公子怎麼會到那裡去了？」

另一個聲音立刻接口說道：「前面那麼黑，看樣子文香那妮子一定是因為有點不舒服所以睡了，我們還是別去吵她吧！」

於是腳步聲又漸漸遠去，在這逐漸遠去的腳步聲中，依稀仍可聽到：「可是……公子到哪兒去了呢？這可真怪，找不到他，老太爺又該……」

管寧心中暗歎一聲，知道先前帶著自己來到此處的那個丫頭，必定沒有將此事說出來，是以她們才找不到自己。

「但是，她們若找不到我，我豈非要這樣耽上一夜？」他又不禁為之焦急，「就算她們找到了我，卻也無法將我的穴道解開呀！」

心中一動，突地想到自己在歸途上一路暗暗修習的內功心法：「我姑且試試，也許它能幫我解開穴道也未可知！」

一時之間，許多種對那如意青錢妙用的傳說，又復湧上心頭：「這件武林秘寶上所記載的武功，是否真的有如許妙用呢？」他暗中一正心神，摒絕雜念，將一點真氣，凝集在方寸之間，一面又自暗中忖道：「這問題的答案是否正確，只要等到我自己試驗一下便可知道了。」

真氣的運行，起初是艱難的，艱難得幾乎已使他完全灰心，他卻不知道一個被點中穴道的人暗中運氣調息，本是件令人難以置信的事，若非他得到這種妙絕天下的內功心法，便讓他再苦練十年，只怕也難以做到。

但是，毋庸片刻，他自覺真氣的運行，已開始活潑起來，上下十二重樓，行走卅六周天，他暗中狂喜地呼喊一聲，方待衝破腰畔那一點僵木處，哪知門外又復響起一陣腳步之聲，其中還夾雜著嘈亂的人聲，顯見這次走過來的人數，遠較方才為多，且也遠較方才快些。

剎那之間，門外映入燈光，腳步聲已到了門口，管寧心頭一跳，張目望去，只見三兩個青衣小環已擁著一個身著絳紫長衫的中年漢子走了進來。

屋中的景象，在這些人的眼中確乎是值得詫異的，那中年漢子驚呼一驚，倏然止住腳步，口中說道：「公子，你在這裡！」

他再也想不到，這位公子竟會在黑暗之中，和一個府中的丫環坐在一處，那三個青衣丫環更是驚得目定口呆，幾乎將手中舉著的燭台都驚得掉在地上。

杜宇暗中嬌嗔一聲，趕緊閉起眼睛，她瞭解這些人心裡所想的事，心中正是羞愧交集，恨不得自己能立刻躲到一個新開的地縫中去，哪知身側突地一動，管寧竟倏然站起身來。

管寧被點的穴道若是沒有自行解開，他此刻如不能站起來也還罷了，他這一站起來，不但自己今後惹出無窮煩惱，使得杜宇也因之受累不淺，因為這麼一來，人人都只道他是和杜宇在此溫存，還有誰會相信其中的真相呢？

那中年漢子是這豪富之家的內宅管事，此刻只道自己暗中撞破了公子的好事，垂首連退三步，心中暗道一聲：「倒楣。」口中卻恭聲道：「前廳有人來拜訪公子，請問公子是見，還是不見？」

此人老於世故，臉上裝作平靜的樣子，就像是方才的事他根本沒有看見一樣，管寧方才一驚之下，真氣猛然一衝，衝過了原本就點得不重的穴道，此刻呆呆地愕在那裡，還在為自己的成功而狂喜，直到那中年管家將這句話又重複了一遍，他方自抬起頭來，茫然問道：「是誰？」

這中年管家見他這種失魂落魄的模樣，心裡越發想到另一件事上去，暗中哧然一笑，口中方待答話，哪知——門外卻突地響起一陣高亢洪亮的笑聲，哈哈大笑著道：「貧道們不遠千里而來，卻想不到竟驚破了公子的溫存好夢，真是罪過得很，罪過得很。」

中年管家、青衣丫環、杜宇、管寧齊地一驚，轉目望去，只見一個身軀高大，聲如洪鐘，鷹鼻獅口，重眉虎目，身上穿著一襲杏黃道袍，頭上戴著一頂尺高黃冠的長髯道人，大步走了進來，雙臂輕輕一分，中年管家、青衣丫環，都只覺一股大力湧來，蹬蹬，齊地往兩側衝出數步，燈火搖搖，驟然一暗，「噹」的一聲，一支燈檯掉在地上，只剩下一支火光仍在飄搖不住的蠟燭，維持著這間房間的光亮。

中年管家雖然暗怒這道人的魯莽，但見了這等聲威，口中哪裡還敢說話？只見這黃冠道人旁若無人地走到管寧身前，單掌斜立，打了個問訊，算是見了禮，一面又自哈哈大笑著道：「貧道們在廳中久候公子不至，是以便冒昧隨著貴管家走了進來，哈哈——貧道久居化外，野莽成性，想公子不會怪罪吧！」

中年管家心中又自一驚：「怎地這道人一路跟在我身後，我卻連一點影子都不知道！」

卻見管寧劍眉一軒，沉聲道：「在下與道長素不相識，此來有何見教？」

這黃冠長髯的道人笑聲方住，此刻卻又捋髯狂笑起來，一面朗聲道：「公子不認識貧道，貧道卻是認識公子的——」

他話聲一頓，目光突地閃電般在兀自不能動彈的杜宇身上一掃，接著道：「公子在四明山中，語驚天下武林中的一等豪士，與黃山『翠袖夫人』的高足結伴北來，行蹤所至，狐裘大馬，揮手千金，哈哈——如花美眷，似錦年華，江湖中誰不知道武林中多了一個武功雖不甚高，但豪氣卻可凌雲的管公子！」

這黃冠道人邊笑邊說，說的全都是讚揚管寧的言語，但管寧聽了，心中卻不禁為之凜然一驚，暗中忖道：「難道這數月以來，我已成了江湖中的知名人物，可是，我並未做出什麼足以揚名之事呀？」

他卻不知道自己在四明山中所作所為，俱是和當今武林中的頂尖高手有關，和他結伴同行的，又是名傳天下的「黃山翠袖」門人，再加上他自己風流英俊，年少多金，本已是江湖中眾人觸目的人物，等到他一路北來，而四明山莊那一件震動天下武林的慘案亦自傳出，他自己便已成了江湖中，許多人都樂於傳誦的人物，只是他自己一些也不知道而已。

本自難堪已極，僵坐在後面的杜宇聽了，心中亦自一動：「原來他沒有騙我，四明山中，真的曾經發生那麼一件令人難以置信的怪事。」

目光動處，只見管寧呆呆地望著這長髯道人，突地伸手一拍前額，像是恍然想起了什麼，脫口說道：「道長可就是名揚天下的崑崙黃冠麼？」

這長髯道人哈哈一笑，捋髯答道：「公子果然好眼力，不錯，貧道確是來自崑崙。」

杜宇心中又是一驚，她生於武林之家，又曾在江湖流浪，這名列宇內一流高手的「崑崙黃冠」四字，她自然是知道的，只是崑崙派遠在邊陲，「崑崙雲龍十八式」的身法雖然名傳天下，但崑崙派中門人足跡，卻極少來到中原，此刻他們突然現身北京，竟又來尋訪一向與武林中事無關的管寧，這又是為著什麼？卻令杜宇大惑不解了。

卻聽這黃冠長髯道人語聲微頓，突地正色道：「貧道笑天，此次隨同掌門師兄一齊來拜見公子，確是有些話想來請教——」目光四下一掃：「只是，此地似非談話之處，不知可否請公子移玉廳中，貧道的掌門師兄還在恭候大駕！」

管寧心中暗歎一聲，知道「崑崙黃冠」的門下此來，必定又是和四明山中所發生之事有關，暗中一皺劍眉，那青衣小環早已拾起地上燭台，重複點燃，此刻便舉著燭台走到門口。

中年管家雖然暗中奇怪公子怎會和這些不三不四的道人有了關聯，但面上仍是畢恭畢敬的樣子，引著他們走過長廊，轉過曲徑，穿過花園，來到大廳。

管寧一面行走，一面卻暗忖著道：「這崑崙黃冠此來若又提起那如意青錢，我又該如何答話？我若對他們說了實話，只怕他們要動手來搶，那麼一來，唉——只怕爹爹也要被驚動，但是，我又怎能說謊呢？」

一個不願說謊的人，便常常會遇到許多在別人眼中極為容易解決的難題，他一路反覆思考，不知不覺已走入大廳，目光四掃，只見兩個道人，正襟危坐在廳中左側的檀木椅上，亦是黃衫高冠，但一個形容枯槁，瘦骨嶙峋，一個丰神沖夷，滿面道氣，和這長髯道人的粗豪之態，俱都大不相同，管寧心中一轉，忖道：「這丰神沖夷的道人，想必就是崑崙門下的掌門弟子了。」

這兩個黃冠道人見了管寧，一齊長身而起，笑天道人大步向前，指著管寧笑道：「這位就是管公子，哈哈——師兄，江湖傳言，果然不差，管公子的確是個風流人物，師兄，你可知道他在後院中——」

管寧面頰一紅，心中大為羞憤，暗罵道：「人道崑崙乃是名門正宗的武林宗派，這笑天道人說起話來，卻怎的如此魯莽無禮，難道所有武林中人，無論哪個，都像強盜？」

卻見那形容枯槁的道人乾咳一聲，眼皮微抬，向笑天道人望了一眼，他目光到處，生像是有著一種令人難以抗拒的神光，竟使得這飛揚跋扈的笑天道人，倏然中止了自己的話，緩緩垂下頭，走到一邊。

管寧目光抬處，正和枯瘦道人的目光遇在一處，心中亦不禁為之一凜，他一生之中，竟從未見過有一人目光如此銳利的，若非親目所見，誰也不會相信這麼一個枯瘦矮小、貌不驚人的道人目光之中，會有這樣令人懾服的神采。

只見這枯瘦道人目光一掃，眼皮又復垂下，躬身打了個問訊，竟又坐到椅上，再也不望管寧一眼，而那丰神沖夷的道人卻已含笑說道：「貧道倚天，深夜來此打擾，實在無禮得很，公子如還有事，貧道們就此告退，明日再來請教也是一樣。」

這三個道人一個魯莽，一個倨傲，只有這倚天道人不但外貌丰神沖夷，說起話來亦是謙和有禮。管寧不禁對此人大起好感，亦自長揖而禮，微微含笑，朗聲說道：「道長們遠道而來，管寧未曾迎迓，已是不恭，道長再說這樣的話，管寧心中就更加不安了。」

他一面說著話，一面揖客讓座，此刻他見了這倚天道人的神采，心中已認定他是崑崙一派的掌門弟子，是以便將他讓到上座。

哪知這倚天道人微微一笑，竟坐到那枯瘦道人的下首，笑道：「貧道隨敝派掌門師兄前來請教公子一事，但望公子惠於下告，則不但貧道們五內感銘，便是家師也必定感激的。」

管寧目光向那枯瘦道人一掃，心中動念道：「原來他才是掌門弟子。」口中沉吟半晌方自答道：「在下年輕識淺，孤陋寡聞，道長們如有下問，只怕必定會失望的。」

笑天道人長眉一軒，哈哈笑道：「貧道們不遠千里而來請教公子，為的就是此事，普天之下，只有公子一人知道，哈哈——貧道知道，公子是必定不會叫貧道失望的。」

管寧心頭一緊，強笑著道：「道長說笑了，在下知道什麼？」

轉目望處，只見那枯瘦道人仍是垂目而坐，倚天道人仍自面含微笑，等到笑天道人狂笑聲住，方自緩緩說道：「敝師弟方才所說，確是句句實言。貧道們想請教公子的事，如今普天之下，的確只有公子一人知道！」

管寧心中雖已忐忑不已，但面上卻只得一笑接道：「既是如此，道長只管說出便是，只要在下的確知道，萬無不可奉告之理。」

倚天道人笑道：「那麼多謝公子了。」

語聲突地一頓，目光在管寧身上凝目半晌，方自一字一句地緩緩說道：「在四明山中和公子同行的白衣人，公子想必知道他此刻在什麼地方！」

管寧一心以為他們問的必然是有關如意青錢之事，此刻不禁暗中透口長氣，但心念一轉，不禁又一皺眉忖道：「他們奔波而來，問那白衣書生的下落，卻又是為著什麼呢？」

俯首沉吟半晌，方自答道：「道長們打聽此人的下落，不知是為了什麼？如果……」

笑天道人突又一聲狂笑，大聲道：「貧道們打聽此人的下落，為的是要將他的人頭割下——」

管寧心中又自一緊，脫口道：「難道此人與道長們有著什麼仇恨不成……」

倚天道人長歎一聲，緩緩道：「四明山莊莊主夫婦，與敝兄弟俱屬知交，敝兄弟此次遠赴中原，為的也就是要和他們敘闊，哪知一到四明山莊，唉——」

他長歎一聲，倏然住口，那笑天道人卻接口道：「貧道們到了四明山莊，只見裡裡外外竟連個人影都沒有，直到後園中，才看到武當山的四個道友，在後園中幾堆新墳前面焚紙超度，貧道們大驚之下，趕緊一問，才知道四明山莊中竟發生了如此慘事，管公子——此事想必是極為清楚的了。」

他此刻說起話來，不但不再狂笑，神色沉重已極，生像是變了個人似的。

管寧長歎一聲，頷首道：「此事在下的確清楚得很——」

笑天道人袍袖一拂，倏然長身而立，大步走到管寧身前，厲聲又道：「公子雖非武林中人，那四明山莊中慘死之人，亦和公子無關。但惻隱之心，人皆有之，公子難道沒有為他們難受嗎？」

管寧又自緩緩頷首，口中卻說不出話來。

笑天道人又道：「那麼公子便該將殺死這麼多人的兇手的下落說出來，否則——」

管寧劍眉一軒，沉聲道：「否則又怎的？」

笑天道人一捋長髯，冷笑一聲，才待答話，那倚天道人卻已緩緩走了過來，一把拉著他的師弟，含笑向管寧說道：「貧道們知道公子和那白衣人本非知交，自然也不會知道那人的可恨可惡之處——」

管寧接口道：「是了，在下和白衣人本無知交，又怎會知道他的下落？何況——據在下所知，四明山莊中那件慘案，亦未見得是此人做出來的，比如那峨嵋豹囊兄弟兩人，嫌疑就比他重大得多，道長如果想替死者復仇，何不往四川峨嵋去一趟，也許能夠發現真凶，亦未可知。」

他生具至性，雖然和白衣書生並無知交，但卻覺得此人既已傷重，自己便有保護此人的責任。再者他覺得此事之中，必定有許多蹊蹺，想來想去，總覺這白衣書生絕非兇手，雖然真的兇手是誰，他此刻也還不知道！

哪知他話聲方了，那笑天道人卻又仰首笑起來，突地伸手入懷，取出一物，在管寧眼前一晃，厲聲狂笑著道：「你看看這是什麼？」手腕一反，將手中之物筆直地擲到管寧懷中。

管寧俯首望處，只見此物竟是一個豹皮革囊，囊中沉甸甸的，顯然還放有暗器，囊上的皮帶，卻已折斷，到處參差不齊，彷彿是經人大力所斷，翻過一看，囊角旁邊，卻整整齊齊地用黑色絲線繡了個寸許大的「鵑」字。

這豹皮革囊乍看並不起眼，但仔細一看，不但皮上斑紋特別絢爛，而且囊口、囊邊，還密密繡了一排不凝目便難發覺的「鵑」字，繡工之精細，固是無與倫比，「鵑」字所用的黑色絲線，用手一摸，觸手冰涼，竟不知究竟是什麼繡的！

管寧目光望處，心頭驀地一跳，脫口道：「難道這就是峨嵋豹囊麼？」

倚天道人微微一笑，道：「不錯，就是四川唐鵑、唐鶴兄弟腰畔所佩的峨嵋豹囊。貧道們在那四明山莊後院之中的六角亭下，發現了這個豹囊，便知道這唐氏兄弟，也已遭了毒手，公子若說兩人亦有嫌疑，未免是冤枉他們了。」

管寧眼珠一轉，「哦」了一聲，方待說話，這倚天道人卻又道：「囊在人在，囊去人亡，四川唐門的門下弟子，百數年來，從未有一人違背過這八個字的。數十年前，唐門中的第一高手笑面追魂唐大針，為了和當代第一神偷『空空神手』的一句戲言，激怒這位神偷妙手，偷去了他身畔的豹囊，這名重武林的暗器名家竟在羞憤之下，自刎於黃鶴亭畔，使得那位空空神手也在唐門三大弟子的圍攻之下，中了十六處針傷，當場不治。這件事不但在當時激起了軒然大波，數十年後的武林仍在傳言不絕。管公子，你若要懷疑唐鶺兄弟未死，那你可錯了！」

他語氣極為平淡地一口氣說到這裡，話聲方自微微一頓。然而，在他極為平淡的語氣中說出的這一段武林往事，卻聽得管寧驚心動魄、心動神馳。

倚天道人長歎一聲，又道：「這唐鶺兄弟若非遇著力不能敵的敵人，就絕對不會將豹囊失去，他們囊既失，若還未死，也絕不會不回來尋找，是以貧道們才能斷定他們必定也已遭了毒手，而能使峨嵋豹囊失去豹囊、身遭毒手的人，普天之下，除了那……除了那白衣人之外，可說再也沒有一個。」

管寧緩緩垂下了頭，心中暗驚：「這白衣書生究竟是誰？聽他們說來，他竟像是武林中人人畏懼，但是——他卻又怎會身受重傷，失去記憶，而且還中了劇毒，並且連性命都幾乎難以保全呢？」

目光動處，那枯瘦道人竟仍然垂目正襟而坐，全身上下，動都未動一下，驟眼望去就像是一尊泥塑木雕的泥偶似的，完全沒有半點活人的味道。而這倚天、笑天兩個道人，也突然住口不言，冷冷地望著他。他知道自己若不說出那白衣書生的下落，他們便不會放過他，但是，他又怎能將一個已自奄奄一息的人，交給別人宰割呢？

他暗自沉思半晌，咬了咬牙，斷然說道：「那峨嵋豹囊的生死、四明山莊中的慘事，說來俱都與在下毫無干係，而道長們所要知道的事，在下也無可奉告——」

笑天道人哈哈一笑，厲聲道：「公子的意思是說公子也不知道那白衣人的下落嗎？」

管寧暗中歎了口氣，斷然道：「正是。」

他雖然極不願意說謊，可是他更不願意做出不義之事，讓一個無法反抗的人去死。心中微一權衡，只得如此做了。

笑天道人笑聲突地一停，厲聲又道：「可是，江湖傳言，卻說公子一路同行的，還有一輛烏篷大車，車中是個傷病之人，這傷病之人是誰呢？此刻在什麼地方？管公子，這個你想必是知道的吧？」

管寧心中一驚，忖道：「原來他什麼都知道了。」

轉念又忖道：「難怪他敢說要將那白衣書生的頭割下來，原來他早知道人家已受傷，哼哼——人家受了傷，你還要如此，未免太卑鄙了吧！」

一念至此，他心中的不平之氣便油然而生，只覺這白衣書生縱然是十惡之人，但他在如此情況之下，自己也是定要保護他的。

這種大情大性的英雄肝膽，俠義心腸，使得他日後做了許多件上無愧於天，下無怍於地，但卻有人暗中辱罵的事，也使得他的一生，充滿了光輝絢麗的色彩，直到許久許久以來，還被人們傳誦不絕。

但是這些以後的發展，自然不是他此刻預料得到的，他此刻做的事，只是他心中認為對的事，當下一軒劍眉，朗聲道：「那白衣人的確是和在下一路進京的，但到了京城之後，便有人將他接走了，至於他被接到什麼地方，在下確也無可奉告。」

他不用「我不知道」四字，卻說「無可奉告」，是因為他縱然如此，還是不願說謊，那笑天道人聽了他的話，嘿嘿一陣冷笑，哪知那始終木然而坐的枯瘦道人，此刻竟突地站了起來，沉聲說道：「管公子說的縱非實言，貧道也相信了。」

他一直閉口不言。此刻突然說出這句話來，管寧不禁為之一愣。

卻見他兀自低垂雙目，接口又道：「只是公子世家子弟，牽涉到這種武林仇殺之事來，確是極為不值，那白衣人若是死了也還罷了，他若不死，日後勢必會有許多武林中人到公子處來尋找，那麼公子豈非要無緣無故地多了許多煩惱？何況這些人也不會和貧道一樣相信你的話，公子說不知道，他們也許會在公子此處裡裡外外，前前後後搜索一遍亦未可知，哪知——公子的令尊，若是因此受了驚嚇，公子豈非成了千古的罪人？」

管寧心頭一愣，先前他還在奇怪，這枯瘦道人言不出眾，貌不驚人，不但比不上倚天道人的謙和，就連笑天道人的粗豪之氣，似乎也強勝於他，怎地他卻做了崑崙一派的掌門弟子，難道他日後還能接掌門戶不成？

但此刻聽了他說的這番話後，管寧卻不免暗中心驚。這道人不但說起話來隱含鋒銳，教人無法抵擋，而且就憑他這分「明知你說謊話我也相信」的胸襟豪氣，已足以令人心服。

他心中正自讚歎，甚至有些慚愧，這枯瘦道人目光一張又合，突地袍袖微拂，一言不發地走出廳去。

倚天道人、笑天道人對望一眼，亦自轉身出了廳門。管寧呆了一呆，追了出去，只見院外夜色深沉，雪花已少，這三個道人竟已無影無蹤，滿地的積雪之上，連半點腳印都沒有。

這崑崙黃冠來得突然，走得更是突然，管寧呆呆地怔了半晌，一陣寒風和著雪花吹來，他激靈靈地打了個寒戰，突地想起那穴道尚未解開的杜宇，轉身奔進大廳，奔進那間暗黑的房間，凝目一望，椅上空空，杜宇竟也不知到哪裡去了。

他大驚之下，去問那中年管家，去問那些青衣小環，他們卻也是和他一齊離開杜宇的，他們笑一笑，回答管寧說：「公子不知道，小的們更不知道了。」

杜宇到哪裡去了？她是自己走開的，還是被人所擄，又成了一個難以解釋的謎。

於是，他再次回到那間小屋，拾起地上的長劍，收起桌上的靈牌、金丸。「她若是自己走的，為什麼不將這些東西帶走？」他暗問自己。

可是，他還是無法回答。

這一夜，在管寧一生之中來說，又是一個痛苦的日子。

他回到自己的房裡，呆呆地想了許久，突地取出懷中那一串如意青錢來，將這十數枚青錢的柔絹一齊取出，一齊浸在水裡。

於是，在武林中隱藏了許久的秘密，便在水中一齊現出了。

這些妙絕天下的武功奧秘，使得他暫時忘去了自家的煩惱，他仔細地將這些柔絹釘在一處。第一頁，是內功的心法，他從這頁開始，廢寢忘食地研習著，除了每日清晨向父母問安之外，他足跡幾乎不出自己的書齋一步。

那白衣書生被安排在他的鄰室裡，仍然像死了一樣地僵臥著，若非還有些微弱的呼吸，任憑是誰也不會將之看成活人。

生活在豪富巨大家庭中，的確是有些好處，他生活中的一切瑣碎的事情，他父母竟完全不知道，這一雙老人還只當自己的兒子在用功讀著詩書，卻不知這名聞九城的才子，從此以後已完全跳出了舊日的生活圈子，進入了另一個新的境界。填詞、作詩、讀經、學畫，這些他本來孜孜不倦的事，此刻他竟再也不屑一顧。

因為，在新境界中的一些奧妙，已將他完全吸引住了。

他知道此刻有關自身的一切煩惱，只要他能學得這秘笈上的武功，一切便都可迎刃而解，何況躍馬橫刀，笑傲江湖，鋤強扶弱，快意恩仇，本就是他心中極為嚮往的事，他幻想著自己的武功已有所成，那麼他便可以憑著自己的力量，追尋出四明山莊中慘案的真相，找到那一去無影的凌影和杜宇，解開她們之間的恩怨。

同時，他還要查出那白衣書生的身世來歷，幫他恢復記憶，那時，他若真是十惡不赦的惡徒，自己便要將他一刀殺死，然後將之送到那崑崙黃冠門下的枯瘦道人的眼前；他若是清白而無辜的，那麼自己也要去對這乾枯道人說明。因為自己曾經對這道人說過謊，是以自己便得對人家有所交代。

但是，內功的進境是緩慢而無法自覺的，連他自己也無法知道他自己內力的修為已經到了何種地步，一天，一天……

彈指之間，一個月已經過去，在這段日子裡，崑崙門下那枯瘦道人臨去之際所說的話，不時在他腦海中泛起：「……他若不死，日後勢必會有許多武林中人到公子處來尋找……他們也許會在公子此處裡裡外外，前前後後搜索一遍亦未可知……」

他焦慮著此事的嚴重性，暗地思忖：「若是爹爹真的因此受到驚嚇，那我又該如何是好呢？」

因之，這一個月雖然平靜地過去，他的心境卻是極不平靜的，但生怕自己所擔憂的事會突然而來，是以更希冀自己的武功能有速成，那麼，他便可以不再畏懼任何人騷擾了。

於是，他開始研習第二頁的「劍經」、第三頁的「掌譜」——對於劍術，他已略有根基，但是這如意青錢中所載的劍術，卻是他以前練劍時做夢也沒有想到過的招式，其中的每一招每一式，發出的部位、中途的變化，都似乎是不可能做到的，而掌譜上所記載的掌法，卻又似乎平淡得出奇，可是等他開始研習的時候，他卻又發覺在這看似極為平淡的十數掌勢中，含蘊的變化，竟至不可思議。

又是五天過去——

夜深人靜，巨大的宅院，籠罩在沉垂的黑暗和靜寂裡，只有後園中五間精緻的書齋仍有昏黃的燈光，與不時的響動。

書齋中的管寧伏在案前，聚精會神地低聲誦讀著面前的一冊柔絹，不時站起來，虛比一下手勢，然後眉頭一皺，再坐下來。

驀地——

數道光華，電也似的穿窗飛來。管寧大驚之下，還未及有所動作，只聽「嗆啷」數聲巨響，這數道光華，便一齊落在地上。竟是兩柄精鋼長劍，與一口厚背薄刃的鬼頭快刀！

他心頭一凜，雙掌一按桌沿，頎長的身軀，竟越桌而過，穿窗而出，他已該足以自傲了，就憑這份身手，已不是他數月前所夢想得到的。

但是，等到身形掠到園中，園中積雪未融的泥地上，哪有半絲人影？遠處枯枝搖曳，樹影婆娑，靜得像死一樣，更不似有夜行人行動的樣子。

他一撩長衫，跺腳而起，在園中極快地打了個圈子，然而滿心奇怪地回到書齋，暗問自己：「這是怎麼回事？」

第三天，他倦極，睡了，睡了不到三個時辰，醒來的時候，桌上赫然多了一個桑皮油紙的紙包，打開一看，裡面竟是兩隻鮮血淋漓的人耳！

又是一個大雪紛飛的早上，由城西往城東，兩旁夾列著已經凋零了的枯木的大道上，突地馳來一匹鞍轡鮮明的健馬。

馬上人黑呢風氅，黑呢風帽，帽外只留出一雙炯然有光的眼睛，和挺直而俊逸的鼻樑，讓人們仍可看出此人的英俊。

寒冷的清晨，路上行人甚少，這匹馬放肆地放轡而馳，突地轉進一條曲巷，再奔了一箭之程，勒韁在一扇黑漆大門的前面。

大門是敞開的，健馬一聲長嘶，門外立即奔出數條粗壯的漢子，一個個直眉瞪眼地往馬上人一打量，齊地喝問：「是誰？」

馬上人一言不發地晃身下馬，左手持著長鞭，右手一推風帽，一個年齡略長的漢子，面上突地露出喜色，奔前三步，一把抓住他的手臂，大聲道：「管師兄，原來是你。」

管寧含笑著點了點頭，但是這笑容卻仍不能掩住他眉宇間的憂慮之色，他筆直地衝進去，一面焦急地問：「師父可在？」

得到的回答是肯定的，他雙眉略展，極快地穿過那片細沙鋪地，積雪也打掃得極為乾淨的演武場，一個精神矍鑠的高大老人，已從屋中迎了出來，哈哈一笑，微帶責備地說：「回來多久了，怎地現在才來看我？」

如此嚴冬，這老者仍只穿了件絲棉短襖，腰板也挺得筆直，絲毫不見老態，他正是管寧學劍的啟蒙師父，京城中赫赫有名的武師，一劍震九城司徒文。

多日來的驚駭與不安，使得管寧再也無法專心研習，考慮了許久，他終於打定了主意——帶著那白衣書生先去尋找那位武林中的一代神醫，治療他的傷痕。這樣，自己一離開，只怕便不會有人到家裡來騷擾了。

此刻，他隨著自己啟蒙的恩師，並肩走入那間寬敞宏大的廳堂，想到自己以前在這裡練劍的日子，心中真是有萬千感慨。

他閃爍著、遲疑地將自己半年來的遭遇，大約地說了出來。

雖然他講得並不清楚，也不完整，卻已足夠使得這老武師驚異了，因為他再也想不到，從自己這個富家公子的徒弟口中說出的名字，竟會是連自己也只是耳聞，從來未曾眼見的武林一流高人。

這一切，幾乎都是令人難以置信的事，他俯首沉吟良久，方自抬頭，沉聲問道：「寧兒，你的遭遇的確是值得驚異的，若非為師一向深信你的為人，唉——你說的事，確是令人難以相信。」

他語聲微頓，長歎一聲，道：「但是你知不知道，此刻你已牽涉到一件極為詭秘複雜的武林仇殺之中，你雖然回到家裡，只怕別人也不會將你放過——」

管寧心頭一凜，暗忖：「師父果然是個老江湖，對任何事都看得這樣清楚。」

一面微微頷首，把崑崙黃冠的來訪，那枯瘦道人臨走時的話，以及最近數日所遇的兩件奇事，都原原本本地說了出來。

司徒文長眉微皺，沉聲道：「那枯瘦道人想必就是崑崙門下的掌門弟子，崑崙雲龍三大劍客中的嘯天劍客了，咳——此人到了北京城裡，老夫怎的都不知道——」

司徒文目光一張，眉峰卻皺得更緊，接著又說道：「只是，那三口兵刃、兩隻人耳，又是怎麼一回事呢？」

管寧皺眉道：「弟子亦被這兩件事弄得莫名其妙，若是有人想以此示警，但又有誰會用自己人的耳朵來示警呢？因為弟子在家中查看了一遍，家裡並無異狀，更沒有人失去耳朵，弟子在外面一向都沒有什麼恩怨纏結之事，這兩隻人耳豈非來得太過離奇？」

司徒文俯首沉吟半晌，突地一擊雙掌，恍然說道：「此事只有一個解釋，那便是有人想在暗中對你不利，卻被另一個暗中保護你的人殺退，並且割下耳朵——寧兒，你此次出去遊歷，結交到不少武林異人，此事倒並非沒有可能。」

管寧又自皺眉道：「弟子此次雖然相識了一兩位武林異人，但以弟子的身分，又怎能與他們談到『結交』二字，他們萬萬不會在暗中保護弟子呀，除了——」

他心中一動，突然想起凌影來：「難道是她？她還未離開我，卻又不願和我相見——」

一時之間，凌影的婷婷倩影，又復湧上心頭，他越想越覺此事大有可能，不禁長歎一聲，暗中低語：「你又何苦如此呢？難道你不知道我多麼盼望再見你一面？」

司徒文目光動處，只見他突地呆呆地落入沉思裡，像是突然想起了什麼足以令他心動神馳的事。

良久良久，方自抬起頭來，像是自言自語，卻又非常堅決地道：「無論如何，我也不能留在家裡。」

抬起頭來，緩緩又道：「弟子離京之後，家中之事實在放心不下，但弟子如不離京，只怕煩惱更多，唉——弟子想來想去，也想不出一個主意，師父——」

司徒文兩道已然花白的濃眉，微微一軒，哈哈大笑著說道：「寧兒，在老夫面前，不可說拐彎轉角的話。」

管寧面頰一紅，卻聽這豪邁的老人接著又道：「你離京之後，你家裡的事，老夫自會料理，絕對不讓歹徒驚動了令尊令堂兩位老人家，若是有一些武林高手尋訪於你，老夫也可以言語將之打發，你只管放心好了。」

管寧雙目一張，喜動顏色，脫口道：「真的？」

一劍震九城司徒文一瞪目道：「為師數十年來闖蕩江湖，成名立萬，就仗著這一諾千金，難道到了老來，還會騙你這娃娃不成？」

一時之間，管寧望了望他蒼老的面容，心中又是感激，又是傾服，只見自己的師父縱然武功不高，卻不愧為頂天立地的英雄，凝注半晌，「噗」地跪倒地上，卻不知該說什麼感激的話。

司徒文含笑地將他拉起來，這老人心中又何嘗不知自己這個應諾，將會替自己帶來多少麻煩，只是他只覺自己年華已老去，卻始終沒有做出一件真正足以驚動武林的事來，此刻管寧所說的這件奇詭的故事，便引發了他的雄心和興趣，這正是老驥伏櫪，其志仍在千里，只要一有機會，他還想表現一下自己的千里腳程的。

管寧反手一把握著這老人寬大粗厚的手掌，撫然良久，緩緩道：「師父，弟子此次離去，歸期實不能定，家裡的一切，就……就都交托給你老人家了。」

司徒文軒眉一笑道：「好男兒自當志在四方，你只管去吧！江湖之中，盡多你們這些年輕人值得闖蕩之處，只是……」

他目光在管寧身上緩緩一轉，接著又道：「只是你這樣的裝束打扮，在江湖上太引人注意，此刻你既已捲入一件武林中的恩怨仇殺之中，行跡是仍應稍微避人耳目——」

司徒文又自長歎一聲，緩緩接道：「這也許是為師到底年紀大了，才會說出這種話，若是換了當年，唉……」他又長歎一聲，倏然住口。管寧目光抬處，只見他一手捋著長鬚，目光遙遙在院中一片被寒風捲起的黃沙上。這雖已暮年，雄心卻仍未老的老人，似乎在這片黃沙之中，又看到了自己昔年闖蕩江湖的豪情往事，是以萌生感慨，不能自已。

雪雖住，風卻大了。

一劍震九城門下刻苦練武的弟子，在這寒冬的清晨，仍不放棄自己練武的機會，捧出幾筐細沙，撒在積雪已打掃乾淨的廣場。

於是寒風捲起廣場上的黃沙，而黃沙又激起了這老人的舊夢。

黃沙，黃沙——

在這裡，風沙之多，風物之美，人情之厚，文采之盛，名聞天下的北京城裡的道路上所飛揚的，除了白雪，便是黃沙。

而此刻，一聲尖銳的馬鞭呼哨過來，由城內急馳出城的一輛烏篷大車之後，所激起的，卻是混合著白雪和黃沙的飛塵。

第六章　賭約

車輛滾滾，車聲轔轔，揚起的鞭梢再一次劃過凜冽的寒風，馬車出了北京城。

趕車的車夫，一襲厚重臃腫的粗布棉襖，一頂斑痕污漬的破氈帽，氈帽的邊沿，掩住他寬闊的前額，厚重的棉襖，裹起了他頎長的身軀。但是一陣風吹過，他張起眼睛，目中的光彩，卻是清澈而晶瑩的，這種目光和他的裝束，顯然是一種不能調合的對比，只是碌碌寒風道上的行人，誰也不會注意到罷了。

從城裡到城外，沒有一個人會對這卑微的車夫看上一眼。

於是他笑了，笑的時候，露出他一排潔白如玉的牙齒。

他是誰？

我不說你也該知道，他便是為了避人耳目，掩飾行藏的世家公子，九城才子，瀟灑倜儻的管寧。

辭別了一劍震九城的司徒文，他心裡便少了一分沉重的負擔，對那豪情如昔的老人，他有著極大的信任之心，因之他放心地離開了家，開始了他闖蕩江湖的征途。

此刻，迎著撲面而來的寒風，他再也不回頭去看那北京城雄偉的城牆一眼，對於這淳樸的古城，他心裡有著太多依戀，因之他不忍回頭去看，也不敢回頭去看看，生怕太多的留戀惜別之情，會消磨去他揚鞭快意、闖蕩四方的壯志雄心。

「上一次離開北京城的時候——」

顯然上次離開北京城的景況，他此刻仍歷歷在目，但是，他卻不敢再往下想了。因為，那樣他又會想起囊兒，想起杜宇，想起和杜宇有著一段難以化解的恩怨的凌影，想起她那翠綠色的婷婷身影，想起她嬌靨上如花的笑容，想起她在上一次寂寞的旅程上，所給予自己的溫情低語。

他知道，這一切又將帶給他一分難去難消、銘心刻骨的相思之苦。韁繩一放，車行更急，他口中隨意地低詠著：「慨當以慷，憂思難忘，何以解憂，唯有杜康。」

心中卻在暗地尋思：「我該先到妙峰山上去，尋得那位一代神醫，解去這個神秘的白衣人身上的毒，唉——那翠袖護心丹的確神奇，竟能使得一個毒入膏肓的人，毒雖未解，仍然昏迷，卻始終不死。看來此人再過百十年還不能獲得解毒之藥，卻也未必會死哩！」

他開始覺得世界之大，事物之奇，確不是自己能夠完全揣測。自己自幼及長，讀書何止萬卷，所得的教訓經驗，都不及在四明山中的短短一日。

一念既生，百感隨至，從這翠袖護心丹，他又想到了凌影。「為什麼人們常會想到自己不願去想的事？」他方自長歎一聲，暗中再次低詠：「何以解憂，唯有杜康——」

詠聲未了，前面突地傳來冷冷一聲斷喝：「瞎了眼的奴才，還不讓開！」

管寧斜眉一轉，抬目望去，只見前面一輛車，亦自揚鞭疾馳而來，眼看便要和自己的馬車撞在一處。

他心中雖然一驚，卻仍不禁為之怒氣大作，暗忖道：「這車夫怎地如此無禮，開口便罵人『奴才』，哼哼，自己是個奴才，卻罵人奴才，這豈非荒唐之極。」

他自幼錦衣玉食，被人罵作奴才，這倒是平生首次，再加上罵他的人也是個趕車的車夫，當下不由氣往上撞，亦自怒喝道：「你難道不會讓開，哼——真是個瞎了眼的奴才。」

兩人車行都急，就在他還罵一聲的時候，馬車已將撞在一處。

拉車的健馬「唏聿聿」一聲長嘶，馬首怒昂，兩邊趕車的人心中齊地一驚，力帶韁繩，兩輛馬車同時向一邊傾，衝出數尺，方自停住，卻已幾乎落得個車仰馬翻了。

管寧微一定神，自覺拉著韁繩的手掌，掌心已滿是冷汗，若非他此刻功力已然大進，腕力異於常人，此刻結果真是不堪設想了。

另一輛大車趕車的車夫，似乎也自驚魂方定，忽地躍下車來，大步走到管寧的車前怒喝道：「你這奴才，莫非瘋了不成！」

喝聲未了，手腕突地一揚，「呼」的一聲，揚起手中的馬鞭，筆直向管寧頭臉掄去。

管寧大怒之下，軒眉怒喝道：「你這是找死！」

腰身微擰，左手屈指如風，電也似的往鞭梢抓去。

他學劍本已稍有根基，再加上這數日的苦苦研習，所習的又是妙絕天下，武林中至高的內功心法，雖苦於無人指點，而秘笈上載的武功招式又太過玄妙，是以未將遇敵交手時應有的招式學會，但是其目力之明，出手之快，卻已非普通的一般江湖武功能望其項背的了。

再加上他本有絕頂的天資，此刻意與神會，不但出手奇快，而且攫鞭的部位、時間，亦自拿捏得恰到好處。

哪知——

在這趕車的車夫手中的一條馬鞭，鞭梢有如生了眼睛一般，管寧方自出手，鞭梢突然一曲，「呼」的一聲，竟變了個方向，掄了過來。風聲激蕩，來勢如電，竟是掄向管寧身畔的「玄珠」大穴。

若是換了數日之前，管寧立時便得傷在這一鞭之下，而此刻他也不禁為之大吃一驚，左手手腕一反一轉，食中兩指，突地伸得筆直，駢指如剪，電也似的向掄到自己耳畔的鞭梢剪去。這一招由心而發，雖然看來平平無奇，但其中變化之快、部位之準，在內家高手眼中，卻已彌足驚人，普通的武林俗手，便是苦練一生，只怕也不能隨心所欲地施出這種「平平無奇」的招式來。

大怒揮鞭的馬車車夫，此刻似也吃了一驚，鞭梢一垂，斜斜落下。這數招的施出及變化，俱都快如閃電，而彼此心中，卻齊地大為吃驚，在動手之前，誰也不會想到對方一個趕車的車夫手中，會施出如此精妙的招式來。

管寧大喝一聲，撲下車去，方待喝罵，目光抬處——

那也是穿著一身厚重臃腫的棉襖，也是戴著頂斑痕污漬氈帽的車夫，鞭梢方才垂下，又待揚起，目光抬處——

兩人目光齊地一抬，看向對方面目，竟齊地呆呆地怔住了，口中的罵，不再罵出，手中的鞭，也不再揚起。

因為，彼此目光接觸到的，都是一雙晶瑩清澈的眼睛，而他們各自心中，更是誰也沒有想到，對方是一個如此英俊挺秀的男子。

兩人目光相對，各自心中，都生出驚奇之感，愕了半晌，管寧輕咳一聲，沉聲道：「閣下行路怎地如此匆忙，幸好此番是我，若換了別人，豈非要被閣下的馬車撞死？何況，在這輛車上，坐的還是個傷病之人！」

他到底閱歷太淺，而且自幼的教養，使得他的言語談吐，都有了一種不可變移的風格，而此刻說起話來，便也如此斯文，他卻未想到此刻喬裝的身分，在一個趕車的車夫口中，怎會說出這麼的話來？

對面站著的那「車夫」，目光之中，似乎微微閃過一絲笑意，但也沉聲道：「閣下如此匆忙，幸好此番遇著的是我，若換了別人，豈非要被閣下的馬車撞死？」

他竟然將管寧方才所說的話，一字不移地照方抓藥地說了一遍，說話的神態語氣，也學得跟管寧完全一模一樣。

管寧劍眉一揚，心中雖然很是氣惱，卻又不禁有些好笑，暗自忖道：「是呀，我又何嘗不是太匆忙了些！」

他見了對方的面目，便已生出惺惺相惜之心，再加上他本非蠻不講理的人，此刻一念至此，心中怒火便漸漸平消。哪知那少年車夫的鞭梢向後一指，接著又道：「何況，在我的那輛車子裡坐著的，又何嘗不是傷病之人呢！」

此刻兩人心中，各自都已知道對方絕非趕車的車夫，到底是為什麼呢？

管寧沉吟半晌，心中突地一動，忖道：「我麻煩已經夠多，自家的事還未料得清，又來管別人的閒事作啥？何況他也沒有撞著我，我也沒有撞著他！」

一念至此，他抱拳一揖，朗聲道：「既是如此，閣下自管請便。」轉身一拉馬車的轡頭，便待自去。

哪知那少年車夫突地一個箭步，躥到他身前，冷冷道：「慢走，慢走。」

管寧大奇，詫聲問道：「還待怎的？」

少年車夫一手拾著鞭柄，一手捋著鞭梢，緩緩說道：「閣下先且暫留，等在下看著車中病人有沒有受到驚嚇。若是沒有，閣下自去，若是在下車中的病人受了驚嚇而病勢轉劇的話——」

這少年車夫說起話來雖然口口聲聲俱是「閣下」「在下」，像是十分客氣，但言語之中，詞意卻又咄咄迫人。

他話猶未了，管寧已自勃然變色，怒道：「否則又當怎的？」

少年車夫冷冷一笑道：「否則閣下要走，只怕沒有如此容易了。」

管寧目光一轉，忽地仰天長笑起來。那少年車夫神情不變，冷冷又道：「閣下如此狂笑，卻不——」

管寧笑聲一頓，截斷了他的話，朗聲道：「在下如果驚嚇了閣下車中的傷病之人，便要被閣下如何如何，那麼，在下卻有一事無法明瞭，要請教閣下了。」

少年車夫劍眉微揚，冷冷道：「怎地？」

這兩人初遇之時，各個自恃身分，誰也沒將對方放在眼裡，及至此過手三招，目光相遇，發現對方竟是個少年英雄，便難免生出惺惺相惜之心，但此刻兩人心中，卻已各含怒意，說起話來，便又復針鋒相對起來。

管寧左手微抬，將頭上氈帽的邊沿輕輕向上一推，朗聲又道：「在下車中的傷病之人，若是受到閣下的驚嚇，又當怎地？」

少年車夫嘴角微撇，清逸俊秀的面目之上，立刻露出一股冷傲、輕蔑之意，雙手一負，兩目望天，冷冷笑道：「只怕閣下車中的傷病之人，再加上百個千個，也比不上在下車中的傷病之人的一根毫毛，閣下如果真的使此人病勢因驚嚇而加劇，又如此耽誤在下的時間，撇開在下不說，只怕芸芸天下，莽莽江湖中的豪強之士，誰也不會放過閣下，那麼——哼哼，閣下如要再在江湖中尋個立足之地，真的是難上加難。」

管寧雙目一張，作色怒道：「世人皆有一命，人人都該平等，又何嘗有什麼貴賤之分，何況——」

他亦自冷哼一聲，雙手一負，兩目望天，接道：「在下車中的這位傷病之人，在江湖中的聲名地位，只怕比閣下車中的那位還要高上三分，那麼——閣下，如果驚嚇了此人，耽誤了時間，又當怎地？」

兩人口中，言詞用字，雖仍極為客氣，但彼此語氣中的鋒銳之勢，卻又隨之加強。

管寧語聲一了，那少年車夫似乎愣了一愣，垂下目光，上下左右地在管寧身上凝注一遍，突也仰天長笑起來，狂笑著道：「好極，好極，閣下這番話，在下行走江湖，倒的確是第一次聽見。十數年來，江湖中的狂徒，的確也有過不少，但卻還從未有過一人，敢妄然說什麼人的聲名地位，比天下汙——」

他一邊狂笑，一邊嘲訕，說到這裡笑聲突地一頓，目光瞥處，冷然望著管寧，一字一字地緩緩說道：「閣下可知在那輛車中的傷病之人，究竟是什麼人物嗎？」

管寧自第一次見著那白袍書生，便覺此人絕非常人，後來見到那些武林中人，遇著此人，亦大有驚嚇畏懼之態，再加上聽到這些人說出的話，便可斷定這白袍書生的來歷不凡，是以他方才說出那番話來。

但經這少年車夫如此一說，管寧心中的信念卻不禁為之搖動起來，暗忖道：「這少年車夫神態軒昂，面目英挺，武功又似極高，看來並非是碌碌之子，但他對車中那人，卻都如此推崇。如此揣測，他車中那傷病之人，或許真是武林中泰斗一流人物亦未可知？」

管寧對武林中人物，本來一無所知，就連四明紅袍、黃山翠袖、羅浮彩衣、武當藍襟這些早已震動天下的名字，直到四明山中那慘案發生之前，他也沒有聽過，是以他此刻心中便難免忐忑不安，生怕自己方才的說話大膽斷言，真的變成了這少年車夫所嘲訕的「狂夫妄語」。

少年車夫目光如電，看到管寧此刻面上的神情，又是仰天大笑幾聲，道：「閣下此刻若然承認自己方才所說的話，不足為信，而且將之收回，那麼區區在下念閣下年紀還輕，江湖閱歷更淺，也不與閣下計較這些，只要在下車內的人仍然無恙，閣下便可自管上路。」

他這幾句話的嘲訕之意更加濃重，狂笑聲中的輕蔑之態更為明顯。

一時之間，管寧只覺自己心中突地大為激蕩起來，竟是不能自已，哪裡還有什麼顧忌？

劍眉一軒，怒道：「在下車內之人究竟是誰，閣下並不知道，閣下此刻便已斷言如此，是否太嫌狂妄……」

他語氣一頓，卻根本不給那少年說話的機會，便又極快地接著說道：「不錯，誠如閣下所說，在下年紀還輕，閱歷更淺，但在下車中之人，卻萬萬不可和在下同日而語。」

少年車夫眉角一挑，冷冷道：「真的？」

管寧重重「哼」了一聲，接道：「你我如此相爭，爭得再久，亦是無用，不如大家都將自己車中坐的是誰，說將出來，如此一來，便立刻判出高下，豈非遠比你我空自在這裡花費唇舌要強勝千萬倍？」

少年車夫手中馬鞭一揚，哈哈大笑道：「好極，好極。」

笑聲驀地一頓，語氣倏然變冷，又道：「只是在下說出了車中之人的姓名，閣下自認此人的地位的確高於閣下車中之人許多，那麼——嘿嘿，閣下又當如何？」

管寧目光一轉，冷冷說道：「在下若是輸了，只要閣下吩咐一事，在下就是赴湯蹈火，也定要為閣下做到。閣下若是輸了，也得俯首聽命於在下。」

少年車夫雙掌又自一擊，大笑道：「好極，好極，此舉兩不吃虧，果然公正已極，在下若是輸了，閣下便是叫在下立時去死，在下也不會皺一皺眉頭。」

管寧胸膛一挺，大聲道：「正是如此！」

少年車夫笑聲未絕，突地拋去手中馬鞭，緩緩伸出右掌，微微一舉，帶笑說道：「君子一言。」

管寧立刻大聲接道：「快馬一鞭。」

極快地伸出手掌，只聽「啪、啪、啪」三聲極為清脆的掌聲，兩人已互擊三掌。

這兩個少年一是名門巨富之子，素有才子之譽，文名震動河西，風流名傳九城，「騎馬倚斜橋，酒樓紅袖招」，卻又有著一身武功，滿腔豪氣，正是濁世中的佳公子。

而另一個卻是一代武林宗師之子，自幼習得家傳絕技，一出江湖已震動武林，揚鞭快意，撫劍高歌，也是莽莽江湖中的翩翩俠少。

這兩人至此刻，雖是一以文名，一以武名，但卻都是文武雙全、少年揚名、春風得意的少年弟子，各有滿腔豪氣的人物，本來掩飾行藏，還應唯恐不及，但此刻兩人竟意氣相爭，而彼此也都將對方看成自己的對手，是以各不相讓，竟將自己的切身利害，忘得乾乾淨淨，訂下這樣的賭約。兩人三掌擊過，彼此心中，卻都不免有些緊張，但誰也不會將這分緊張的心情，形諸於神色。

管寧冷冷一笑，道：「閣下此刻，總該將那輛車中的人究竟是誰，說出來了吧？」

少年車夫亦自冷笑道：「此舉是閣下所倡，自應閣下先說——」日光一轉，忽又長笑道：「其實誰先誰後，又有何妨？閣下如果堅持，在下先說便是。」

他腳步緩緩移動一下，方待說出，管寧忽地心中一動，大聲道：「你我今日之事，不管誰勝誰負，都不得對第三者說出，這並非在下

——」

他語聲猶自未了，那少年車夫已自接口道：「正是，正是。此話雖然閣下不對在下說明，在下卻也要如此說的。」

突地緩緩轉過身軀，走到他剛才所駕的烏篷大車旁邊，一面又道：「口說無憑，眼見方信，在下說出車中此位前輩的名號，閣下也許不會相信，可要在江湖上稍微走動過的人，見到這位前輩的形狀，卻萬萬沒有不認得的。」

他伸出手掌，向車內一指——管寧心頭突地一跳，想到車中之人若真的極負盛名，自己也未必知道，心中方自暗罵自己的魯莽，但轉念一想，想到那公孫左足曾對自己說過的「武林十四高人——四明紅袍，黃山翠袖……」心中便安然忖道：「那公孫左足，亦是武林十四高手中的人物，可是在那白袍書生的手下，竟絲毫顯不出自己的武功，這車輛之中，若真是武林十四高手的人物，武功地位，一定比不過我車內的那白袍書生，這車中的人若非十四高手，只怕更不足論了。」

一念至此，他心中寬然一笑，只聽那少年車夫手指車內，緩緩說道：「此位前輩，便是名列宇內一流高手的君山雙殘，天下汙衣弟子的統率人物，君山丐幫之首，公孫左足公孫大先生！」

他一字一字地將「公孫左足」四字說了出來，眉梢眼角，神情得意異常，只當管寧聽了這名字，必定會出現驚嚇之態。

目光轉處，只見管寧面上神色果然一愕，他得意地微笑一下，緩緩道：「閣下行走江湖，想必也聽過這位前輩的名頭吧！這位前輩在武林中的聲名地位，是否比……」

他極為得意緩緩而言，哪知他言猶未了，管寧突地仰天長笑起來，笑聲中的得意之情，竟比他還要濃厚。他心中一驚，暗忖道：「難道他車中坐的人，竟比天下丐幫幫主公孫左足還要強上三分？」轉念一想，又不禁安慰自己：「但普天下，若要找出一個比公孫左足還要高強的人物，簡直太不可能，何況這少年武功雖然不弱，卻也未見高明，言行舉止之間，更像是公子哥兒，哪裡會結交到什麼武林高人？他車中之人，縱然在武林中有聲名地位，卻又怎會強過君山雙殘？」

卻聽管寧長笑聲中，朗聲說道：「公孫左足公孫幫主的聲名，在下的確是如雷貫耳，但是——」

他話聲一頓，那少年車夫縱然如此想法，卻仍忍不住脫口問道：「但是怎樣？」

管寧暗暗一笑，朗聲道：「但是這位公孫幫主見了在下車中的那位前輩，只怕還要退讓三分。」

少年車夫果然為之一愕，低聲道：「真的？」突也大笑起來：「那麼閣下請將此人的名號說出便是。」他心中實在不信這少年所駕車中之人，會強於君山雙殘。只當管寧是在危言聳聽，是以故意又笑數聲。

管寧笑聲一住，沉聲道：「這位前輩的名諱，在下雖不知道，但在下卻可斷言，此人的聲名地位，一定要比那君山雙殘公孫左足還強上幾分，因為——」

他眼見公孫左足與白袍書生動手時的情形，是以此刻說話，心中極為泰然，絲毫沒有牽強之處。

但那少年車夫聽在耳裡，卻笑得越發厲害，笑聲中的輕蔑嘲訕之意，亦復露出，狂笑道：「閣下若是以為這番話能夠騙得到人，那只怕也只能騙騙三尺童子，卻騙不到我太……」

目光一轉方自接道：「卻騙不到我吳布雲。」

管寧怒喝道：「我管寧雖非武林知名之士，卻也不是狂言妄語之輩，方才所說的話，如有半字虛言，必遭暴斃，至於閣下是否相信，在下卻管不到了！」

少年車夫「吳布雲」笑聲一頓，冷冷道：「閣下若非和在下有賭約之事，那麼閣下便是說這車中之人是當今皇上，在下也管不著，只是此刻閣下要想欺騙於我，那卻說不得了——在下此刻只問閣下一句，方才閣下所訂之約，是否算數？如果閣下言而無悔的話，在下便要請閣下做一件事了！」

管寧大怒之下，方待怒喝，但轉念一想，自己連個姓名都說不出來，哪能怪得了人家不信？一時之間，心中頓生一種被人冤枉委屈之感，呆呆地愣了半晌，望著這少年吳布雲面上輕蔑之色，真恨不得自己能在自己胸口打上兩拳。長歎一聲，心中突地一動，伸手一拍前額，朗聲說道：「口說無憑，眼看方信。閣下既然不信在下的話，在下便說千百句亦是無用，只是──」

他亦自轉身走到車前，打開車窗，又道：「閣下自稱是久歷江湖的人物，或許能認得這位前輩亦未可知？」

吳布雲遲疑一下，嘴角微帶訕笑地走到車旁，此刻天光甚亮，照著這條無人的道路，天空上覆置著的白雲燦爛如銀。

他慢條斯理地沿著管寧的手指向車內一看，只見這輛外表看來毫不起眼的大車裡，裝飾得竟是十分舒適華麗，車內平鋪著一塊木板，板上鋪的卻是十分柔軟的絲棉錦墊，墊上絳紫色的錦褥之中，靜臥著一個面容蒼白、頭巾已落、髮髻鬆亂，呼吸微弱得幾乎令人不能分辨他是生是死的中年男子。

他心中一動，目光凝注，只見這中年男子面目瘦削清臒，雙眉如劍，鼻挺如雕，嘴唇是薄削而秀逸，一雙眼睛，卻合在一處。

這人的面目他似乎相識，又似乎陌生，他仔細地再望上兩眼，心中突地一動，想起一個人來：「難道是他？」

但是，對這個猜測，他卻又覺得簡直令人難以置信。

寒風吹過，他激靈靈打了個寒戰，倒退三步，突地一把拉開車門，閃電般拉出這位白袍書生的一隻左手，目光微掃，突地大喝一聲，旋身一掌，向立在身側的管寧打去。

這一掌擊來，確是大出管寧意料之外，他方才見了這少年吳布雲的舉動，心中本已大覺奇怪，不知道這少年拉起人家的左手看什麼。此刻一掌打來，他心中更是大吃一驚，匆忙中撤身一退——這一退，卻又令他自己大吃一驚。

這條路本是官道上的一條分支，路本不闊、行人更少，管寧出城之際，心中思潮紊亂，根本沒有注意到路的方向，只是任意馳馬而奔，才會誤打誤撞地來到這條路上。

兩個冒著風雪的行人，恰巧從道上行來，見到前面的道路上，突地有人影斜斜飛起，飛過兩丈開外，驚得心頭一凜，連忙將胯下的青騾勒住，再也不敢前行一步。

管寧忙亂之下，撤身一退，身形竟突地離地躍起，這一躍之勢，竟然遠達兩丈，越過道路，停在道旁的亂石叢中。

他學劍三年，對於輕功一道，卻始終未得入門，雖因年少好奇，對輕功有所偏愛，但學來學去，卻也不能使自己一躍之勢遠及一丈。

此刻他心中自然難免被自己的身法所驚，他卻不知道自己在這數月之中，所研習的內功心法是何等奧妙，莫說是他這種武學已稍有根基、天資聰明絕頂，又復無比刻苦研習的人，便是一個普通村夫壯漢，得到這種能以引起天下武林中無數高人垂涎的武功秘笈，三年之後，也能成為一個足夠在江湖闖蕩的人物，何況是他呢？

吳布雲一掌落空，猛地一旋身軀，便面向管寧，口中大喝道：「先前我只知道你是個磊落正直的少年，卻想不到你竟和這種惡魔混跡一處，看來公孫前輩口中所說的無恥少年，也必定就是你了，今日你既遇著了我，哪裡還有你的命在！」

隨著這怒罵之聲，他頎長的身軀，已自轉到管寧身前，手掌連揮，掌影飄忽，已自閃電般地向管寧擊出兩掌。

這少年吳布雲幼得家傳絕學，在今日武林中，雖非一流頂尖高手，武功卻已足以傲視大半江湖豪客，此刻他激怒之下攻出的兩掌，不但去勢如風，掌風之猛烈，更是驚人。

一劍震九城，雖然在京城武師中亦非庸手，但他的成名之因，僅是因著他如雲的豪氣和滿腔的熱血而已，管寧既在他的門下，雖然極蒙寵愛，但他本身的技藝有限，自然也無法將管寧教成如何出色的人物。何況武功一道，本無倖致，除了像如意青錢上這種前無古人、後無來者，不知經過多少研習和探討，方自發現一條快捷方式的無上武功心法之外，若想在短短三年之中，武功便有所成，那簡直無異於緣木求魚，癡人說夢！

是以管寧雖然在這數月之中，得以研習如意青錢的內功心法，但終究無法與這幼傳家學、苦練多年的吳布雲相比。

吳布雲這兩招一發，管寧只覺滿天掌影，有如泰山北斗一般，帶著無比強烈激蕩的風聲，向自己壓了下來。

剎那之間，他但覺這種掌影風聲，是自己所無法抗拒的。

他幾乎想閉上眼睛，無言地來承受這一掌，但是一種潛意識之中的求生本能，卻使得他身形猛地又是一退——

果然他又自避開這漫天而來的兩掌，稍一定神，他方待大聲喝問，哪知人家根本不給他喘息的機會，掌風又自襲來。

吳布雲方才大怒揚鞭，卻被管寧三兩下巧妙的手法擋了回去，他自然不會知道那只是管寧由心隨意而發、偶得妙訣的佳構，只當管寧也是個武林中後起年輕一代中的高手。

但此刻交手之下，正是俗語所云「行家一伸手，便知有沒有」。他雖然年輕，但對人對敵的經驗已不少，一見之下，便將管寧武功的深淺了然於胸，心中自也穩操勝算。

他與君山雙殘本有極深的關係，而又從公孫左足口中，聽到一些足以令他對管寧生出殺機的話，此刻他下手自然不再容情。

他雙掌交錯，掌勢連發，管寧卻只有連退，避其鋒銳。眨眼之間，管寧情勢已越加危殆，而他們兩人的身形，也已遠離道路，來到一片秋收過後，早已荒蕪的麥田之上。

十一月後，北京城裡城外，便已降雪，雪勢稍停又止，始終沒有真正地歇過一段時期，此刻這片麥田上積雪未融，自是滑不留足，管寧慌亂之下，腳步突地一個踉蹌——

本就並不晴朗的天空，驀地飄過一片陰霾，這難道也象徵著大地上又將發生悲慘之事嗎？

吳布雲腳步微錯，倏然欺身而上，手掌微揮處，食中二指，突地有如出匣之劍一般，電射而出，急地向管寧前胸「璇璣」、「將台」兩處大穴點去。

哪知他掌到中途，管寧眼看已跌倒的身軀，突地向後一仰。

吳布雲這一招雖又落空，但管寧失足之下，全身便已俱在他掌勢籠罩之中，此刻管寧縱是與他相若的對手，先機一失，只怕也再難逃出這一掌之危，何況管寧武功本就非他敵手。

此刻勝負之分，立時之間，便可分判。吳布雲冷笑一聲，手腕一反，五指微分，「五弦齊張」，倏然又是一招。

他心中已操勝算，知道管寧再逃不出自己的掌下，是以這一招去勢並不迅急，哪知管寧眼看這一招當胸擊來，竟然不避不閃，反而一挺胸膛，迎了上去，口中冷冷說道：「好一個無恥的匹夫！」

他明知吳布雲這一掌之勢，必非自己所能抵擋，但卻又不避反迎，又突地罵出這句話來，吳布雲不禁為之一愣。

要知道管寧天資絕世，聰明超人，他雖從未有過與人交手對敵的經驗，但在這種生死存亡繫於一線之際，他的絕頂聰明，卻幫他作了個無比明確的抉擇。他明知自己已定然無法避開這一掌之勢，是以不避反迎，而他突地罵出這句話來，卻是為了激發吳布雲的少年好勝之心。

吳布雲掌到中途，突地一頓，他這全力而發的一掌，竟能隨心而止，其內力掌式的運用，端的是曼妙而驚人的。

管寧只覺對方掌緣已自觸及自己胸際時，方自突然撤力，而吳布雲已自含怒喝道：「你罵的是誰？」

管寧哈哈大笑，大聲道：「閣下方才賭約之事。雖然輸於在下，但此刻閣下武功遠勝於我，大可將在下一掌擊死，那麼——」

他又自狂笑兩聲，接道：「普天之下，便再也無人知道閣下曾經輸於在下，也再沒一人會要閣下遵行方才賭約之事。嘿嘿——閣下果然是聰明人，只是閣下既然如此聰明，怎地卻不知道我罵的是誰呢？」

管寧雖非畏死貪生之輩，但自古一死，皆有泰山鴻毛之分，若是為忠義之事，讓他死去，他便萬萬不會因之變色，但如此刻不明不白地死在吳布雲手中，豈非太過冤枉不值！

是以他方自說出這般尖刻的話來，那吳布雲聽了果然為之一愕，剎那之間，面目之上，由白轉青，由青轉紅，伸出的手掌，也緩緩垂了下來。

管寧冷冷一笑，昂然笑道：「閣下這一掌怎地又收了回去？」

只見吳布雲胸膛微一起伏，似乎暗中長歎一聲，但劍眉隨即一揚，雙目直視，亦自昂然道：「君子一諾重於千金，我認得你車中的人，武功確是高於公孫前輩，是以你此刻只管說出一事，我無不照辦。」

管寧心中暗讚一聲：「這吳布雲出言果然是個昂藏男子，磊落俠士。」

目光抬處，只見吳布雲目光一凜，突地現出滿面殺機，接著又道：

「公孫前輩的武功地位，雖然不如那廝，但是個上無愧於天，下無怍於地的大英雄，大豪傑。怎可與那萬惡的魔頭相比，我……我吳布雲直恨不得食其肉，寢其皮！」

管寧心頭一凜忖道：「難道這白袍書生真是個萬惡不赦的魔頭？難道那四明山莊中的慘案，真是他一手所做？唉……管寧呀管寧，你自認正直聰明，行事但求心安，若反而變成助紂為虐之徒，豈非無顏再見世人……」

他心中正自矛盾難安，卻聽吳布雲又接道：「此刻你趕緊說出一事，無論我是否能夠辦到，都一定為你盡力去做，然後——哼哼，我再將你和這魔頭一齊置之死地。」

管寧暗自長歎，又仔細地回憶一遍，對那白袍書生的信心，已自減去三分，當下閉起眼睛，把自己在四明山莊所見所聞又仔細回憶一遍，突地張開眼睛，說道：「閣下如此說法，果然無愧是個君子。」他語聲微頓，暗中一咬鋼牙，斷然接道：「此刻在下要叫閣下做的事，便是請閣下將在下車內的那位武林前輩，帶到妙峰山去，尋找隱居那裡的一位神醫，治癒他的傷勢，然後閣下的行事在下就管不得了。」

要知管寧從凌影口中，得知妙峰山隱居著一位奇人，能治天下各種病毒，但那位奇人究竟是誰？到底住在哪裡？如何才能見到這位奇人，求他治癒白袍書生的病毒？他卻一點也不知道。

而他思潮反覆之間，自己又下了決心，無論此事的真相如何，也要先將白袍書生的病毒解去，記憶恢復。

此念一決，他便斷然說了出來，抬目望去，卻見這少年吳布雲面色大變，不言不動地呆立了半晌，方自緩緩說道：「我看閣下少年英俊，身手又自不弱，將來在武林中的前途，正是大有可為，」說到這裡，他語聲突然一頓，目光轉向那烏篷車，狠狠向車中盯了兩眼，又自接道：「閣下可知在這輛大車中的人，究竟是怎樣的一個人嗎？」

管寧隨著他目光一轉，但見他目光之中，滿是怨毒憤恨之色，心頭又自一凜，垂首沉吟了半晌，微喟一聲，搖了搖首，說道：「我這人對這位前輩的姓名來歷，確是一點也不知道，但……」

吳布雲冷冷一笑，接口說道：「閣下既與此人素不相知，卻又為何為他如此盡心盡力地相助於他？」

緩轉過目光，凝注在管寧的身上。

一時之間，管寧又為之呆呆地怔住了。沉吟良久，卻尋不出一句回答的話來，要知道他本是大情大性的熱血少年，心中有著一種迥異於常人的豪心俠氣，他與那白袍書生，雖然一不沾親，二不帶故，但自覺自己既已答應幫他恢復記憶，便該做到。再者，他身經四明山莊所生之事，再三思考，總覺得此事，其中大有蹊蹺，絕非表面上所能夠看出，亦絕非這白袍書生所為。

這種判斷中雖然有一部分是出自他的直覺，但多少也有著事實根據，尤其是那六角亭中突然現身、擊斃囊兒的瘦怪老人，大廳中突然失去的茶杯……在在都令他心生疑惑。

但是此刻他卻不能將這些原因說出，因之他呆立半晌，吳布雲冷冷一笑，已自接道：「你可知道此人有生以來的所作所為，沒有一件不是大大超出天理國法之外？普天之下的武林中人，也沒有一個不將此人恨入骨髓的，而閣下卻對此人如此，豈非是為虎作倀？此事若讓天下武林人知曉，對閣下可是大為不利，那時——嘿嘿，不但閣下日後因之受損，只怕性命也難保全——」

兩人俱是年少英俊，自然難免惺惺相惜，吳布雲雖從公孫左足口中，聽得一些辱罵管寧的話，以為管寧與那白袍書生狼狽為奸，但此刻，他見管寧與此白袍書生真是素不相識，是以才苦口婆心地說出這番話。

哪知他目光抬處，卻見管寧雙目茫然望著天空，根本像是沒有聽到他這番話似的。管寧呆了良久，突地垂下目光，問道：「閣下既對他的事蹟知之甚詳，大約對此人的姓名來歷也知道了？」

吳布雲冷哼一聲，緩緩說道：「此人的姓名來歷，日後你自會知道。」語氣中充滿怨恨，言下之意，竟是連此人的姓名都不屑說將出口。

管寧呆呆一愕，歎道：「閣下既然不願說出此人姓名，在下自也無法相強，但閣下賭約既輸，閣下若是遵行諾言，便請閣下將在下等帶到妙峰山去，拜見那位神醫，否則閣下只管自去，在下也不勉強。」

他見了這少年吳布雲對那白袍書生如此憤恨，心中突然覺得自己不該這樣勉強人家做自己極為不願做的事。

吳布雲劍眉一軒，怒道：「方才我說的話，你難道沒有聽到嗎？」

管寧又自長歎一聲，道：「閣下所說的話，在下自然不會沒有聽到，但在下曾對此人有過允諾，此事說來話長，閣下如果有意傾聽，在下日後再詳細說給閣下知道，無論如何，在下都要將他的傷勢治癒。」

他說來說去還是如此，吳布雲目光凝注，默默地聽著他的話，突地狠狠一跺腳，轉身走到自己車前，倏然躍上前座。

管寧只見積雪未融的道路上，被他這右腳一跺之勢，竟跺落了個深沉的坑，心頭暗駭，轉目望去，吳布雲手腕勒處，馬車一轉，已自緩行，不禁為之暗歎一聲，亦自上了自己的馬車，帶起韁繩向前走去。

哪知身後突又傳來吳布雲冷冷的呼喝之聲：「閣下要到哪裡去？」

管寧轉頭望去，吳布雲馬車竟又停下，心頭一動，口中喝問：「閣下要到哪裡去？」

吳布雲突地躍下車來，飄身一躍，俯身拾起地上馬鞭，腳步輕點處，身形倒縱，頭也不回，竟又落回馬車前座，口中一面冷冷喝道：

「妙峰山！」

管寧大喜道：「閣下可是要帶在下一齊去？」

吳布雲面上木然沒有任何表情，目中的光彩，卻像困惱已極，冷哼一聲，皺眉喝道：「難道在下還會失信於你不成？」

管寧極目前望，前面天色暝暝，似又將落雪，右手一帶韁繩，躍下車來，將馬車緩緩轉過頭來，跟在吳布雲的馬車之後。

但聽吳布雲口中兩聲長嘯，揚起馬鞭，兩輛馬車，便自向前馳去，他嘯聲之中竟似乎充滿怨恨之意，又似乎是心中積鬱難消。管寧心中一動，忖道：「難道此人心中，也有著什麼難以化解的心事？」

走盡岔路，轉入官道，天色變得越發沉重。

是以官道雖闊，行人卻不多，這兩輛馬車，還可並肩而行。管寧轉目望去，吳布雲仍然一言不發，目光低垂下，兩道被氈帽邊沿蓋在下面，幾乎隱約難見的修長劍眉，也自深深皺在一處。

「他究竟有何心事呢？我叫他做的，亦並非什麼困難得難以做到的事呀！」

管寧心中正自暗地尋思，吳布雲卻又冷冷說道：「妙峰山離此已不遠，未至彼處之前，我卻有幾件事要告訴於你。」

他一清喉嚨，神色忽地變得十分鄭重，緩道：「妙峰山雖是一代名醫所居，卻實無異於龍潭虎穴，你我此去，不但吉凶難料，而且是否成功，亦未可知，就憑你身上的這點武功，要想見到此人之面，實在是難如登天，就算是我——哼，也只有三分把握，你切切不可將此事看得太過容易。」

管寧緩緩點了點頭，心中卻大感驚異，暗忖道：「醫者仁心，本應以救人活命為天職，他卻又怎地將之說得如此凶險？」

卻見吳布雲似乎又暗中一歎，目光遠遠望向昏暗蒼穹的盡頭，又道：「你並非武林中人，當然不會知道江湖上此刻表面看來平靜，其實卻已掀起一陣巨浪，武林中各門各派，甚至一些久未出山行道的掌門高人，也都紛紛離山而出，這為了什麼，我不說你也該知道。」

管寧心中一動，脫口問道：「難道就是為了四明山莊中所發生之事？」

吳布雲哼一聲，道：「正是。而且我還要告訴你，你車中之人，此刻已成了武林中眾矢之的，至於閣下嘛——哼，也是武林中人極欲一見的人物，其中尤以終南、羅浮、武當、少林，以及太行這些門派，各有門人死在四明山莊之中，自然更不會放過你們。」

管寧心頭一凜，變色道：「為什麼？」

「為什麼？」吳布雲低喝一聲，突地冷冷苦笑起來，一面說道，「武林中誰不知道四明山莊中傷殘的武林高手，個個俱是死在你手中那個魔頭的手下，不說少林、武當等派與此事有著切身的關係，便是點蒼、崑崙等派，也都將挺身而起，為此事主持公道，此刻兩河一帶，早已成了風雲聚會之地，你車中那人武功雖高，但是他能抵擋得了天下武林高人聯手嗎？」他笑聲一頓，突地長歎一聲，又自垂下目光，沉聲道：「我此刻將你等帶到妙峰山求醫，此事若被江湖中人知道，只怕我也難逃，唉——」他朗聲道：「前面青簾掛起，容我先謀一醉，再去妙峰山如何？」

管寧揚鞭跟去，心中思潮又如潮而生，他倒並非因為聽了吳布雲的話因而擔心自己的生死安危之事，而是擔心自己不知能否將四明山莊中所生之事的真相揭開，此事直到此刻，仍然是隱沒於五里霧中，連一絲可以追尋的線索都沒有，他暗中低語：「那突然失蹤的蓋碗，到底是誰偷去的？六角亭中突現怪異老人，到底是誰？獨木橋前的暗器人影，是否峨嵋豹囊？白袍書生是何時何地中的毒？所中之毒，又是何人所下？」

這些事除了那白袍書生或可為他解答一二之外，便是誰也無法解答，而這白袍書生偏又失去記憶，連自己的名字都不知道，他長歎一聲，抬頭望處，酒家已經到了。

「何以解憂，唯有杜康。」

他大步走進酒家，卻踉蹌走了出來，撲面的寒風吹到身上，已不再能令他感到寒意，回首一望，吳布雲蒼白的面色，此刻已變得通紅，兩人在這小小的酒鋪中，一言不發地各自喝了些悶酒，此刻心中卻已熱血沸騰起來。喝酒的時候，這兩個衣衫襤褸的少年，自然不會受到青睞，吳布雲安之若素，管寧卻是生平第一次遭受到如此冷淡的滋味，因之他離去時便擲出一錠白銀，令店小二震驚和巴結。此刻他大步走到車旁，突地大聲道：「吳兄，方才你對我說了幾句話，此刻我也要對你說幾句——」

他亦自一清喉嚨，朗聲又道：「第一，我雖不知道公孫前輩怎樣受的傷……」

吳布雲冷哼一聲，接口道：「公孫前輩所受的傷，便是因為他心痛手足之傷殘，奮而和那魔頭拚命，真氣大大受損，風寒侵體，再加上心情悲憤，因之內外交侵，倒在荒山之中，若不是碰巧遇著了我，只怕這位公道正直、磊落俠心的前輩俠士，便也要死在你們的手下。」

管寧狂笑一聲，大聲道：「死在我們的手下——嘿嘿，吳兄，你卻是大大的錯了，小弟我固然與此事毫無關係，便是我車中的那人，若要取公孫左足的性命，也早已取了，哪裡還會等到現在……」

吳布雲劍眉一軒，方待答話，管寧卻又一揮手掌，極快地接著說道：「我還可與吳兄擊掌為誓，日後無論如何，我也得將此事的真相尋出。我車中的那位前輩，如真與此事無關，那麼——嘿嘿，我倒要看看那位武林高人對此事如何交代。」

吳布雲冷喝道：「如果是他幹的？」

管寧右掌一握，重重一拳，打在自己的左掌上，朗聲道：「他如真是此事的罪魁禍首，那麼在下便要將他殺死，為那些屈死的武林高人復仇！」

吳布雲冷笑一聲道：「你要將他殺死，嘿嘿——嘿！」

輕身上馬，揚鞭而去，再也不望管寧一眼。

灰瞑陰暗的天空，果然下起雪來了。

請續看《失魂引》下

古龍真品絕版復刻 4

失魂引(上)

作者：古龍
發行人：陳曉林
出版所：風雲時代出版股份有限公司
地址：10576台北市民生東路五段178號7樓之3
電話：(02) 2756-0949　　傳真：(02) 2765-3799
封面影像處理：許惠芳
執行主編：劉宇青
行銷企劃：林安莉
業務總監：張瑋鳳
出版日期：2022年10 月
ISBN ：978-626-7153-23-9

風雲書網：http://www.eastbooks.com.tw
官方部落格：http://eastbooks.pixnet.net/blog
Facebook：http://www.facebook.com/h7560949
E-mail：h7560949@ms15.hinet.net
劃撥帳號：12043291
戶名：風雲時代出版股份有限公司

風雲發行所：33373桃園市龜山區公西村2鄰復興街304巷96號
電話：(03) 318-1378　　傳真：(03) 318-1378
法律顧問：永然法律事務所 李永然律師
　　　　　北辰著作權事務所 蕭雄淋律師

行政院新聞局局版台業字第3595號 營利事業統一編號22759935

國家圖書館出版品預行編目資料

失魂引 (古龍真品絕版復刻 4 - 5)／古龍著. --
臺北市：風雲時代出版股份有限公司，2022.08
冊；　公分.
ISBN : 978-626-7153-23-9（上冊 : 平裝）
ISBN : 978-626-7153-24-6（下冊 : 平裝）

857.9　　　　111009563